Para que no te pierdas en el barrio

Patrick Modiano

Para que no te pierdas en el barrio

Traducción de María Teresa Gallego Urrutia

EDITORIAL ANAGRAMA
BARCELONA

Título de la edición original:
Pour que tu ne te perdes pas dans le quartier
© Éditions Gallimard
París, 2014

Ilustración: «Boulevard Beaumarchais», 1954, foto © Ministère de la Culture-Médiathèque du Patrimoine, Dist. RMN-Grand Palais / Marcel Bovis

Primera edición: junio 2015

Diseño de la colección: Julio Vivas y Estudio A

© De la traducción, María Teresa Gallego Urrutia, 2015

© EDITORIAL ANAGRAMA, S. A., 2015
Pedró de la Creu, 58
08034 Barcelona

ISBN: 978-84-339-7930-8
Depósito Legal: B. 11249-2015

Printed in Spain

Liberdúplex, S. L. U., ctra. BV 2249, km 7,4 - Polígono Torrentfondo
08791 Sant Llorenç d'Hortons

No puedo aportar la realidad de los hechos,
sólo puedo ofrecer su *sombra*.

STENDHAL

Poca cosa. Como la picadura de un insecto, que al principio nos parece benigna. Al menos eso es lo que nos decimos en voz baja para tranquilizarnos. El teléfono había sonado a eso de las cuatro de la tarde en casa de Jean Daragane, en la habitación que llamaba el «despacho». Se había quedado traspuesto en el sofá del fondo, resguardado del sol. Y esos timbrazos que ya había perdido desde hacía mucho la costumbre de oír no cesaban. ¿Por qué esa insistencia? En el otro extremo del hilo, a lo mejor se les había olvidado colgar. Se levantó por fin y fue hacia la parte de la habitación próxima a las ventanas, donde el sol pegaba con muchísima fuerza.

«Querría hablar con el señor Daragane.»

Una voz desganada y amenazadora. Ésa fue su primera impresión.

«¿Señor Daragane? ¿Me oye?»

Daragane quiso colgar. Pero ¿para qué? Los timbrazos se reanudarían sin interrumpirse nunca.

Y a menos que cortara definitivamente el cable del teléfono...

«Al aparato.»

«Es por su libreta de direcciones, caballero.»

La había perdido el mes anterior en un tren que lo llevaba a la Costa Azul. Sí, sólo podía haber sido en ese tren. La libreta de direcciones había resbalado del bolsillo de la chaqueta seguramente en el momento de sacar el billete para enseñárselo al revisor.

«He encontrado una libreta de direcciones a su nombre.»

En la tapa gris ponía: EN CASO DE EXTRAVÍO ENVIAR ESTA LIBRETA A. Y Daragane, un día, mecánicamente, había escrito su nombre, sus señas y su número de teléfono.

«Se la llevo a su domicilio. El día y a la hora que quiera.»

Sí, definitivamente una voz desganada y amenazadora. E incluso, pensó Daragane, una voz de chantajista.

«Preferiría que nos viéramos fuera de casa.»

Había hecho un esfuerzo para sobreponerse al malestar que sentía. Pero su voz, que habría querido que resultara indiferente, le pareció de pronto una voz sin inflexiones.

«Como quiera, caballero.»

Hubo un silencio.

«Una lástima. Estoy cerquísima de su casa. Me habría gustado dársela en mano.»

Daragane se preguntó si el hombre no estaría delante del edificio y si no se iba a quedar allí, acechando su salida. Tenía que librarse de él lo antes posible. «Veámonos mañana por la tarde», acabó por decir.

«Si usted quiere... Pero en tal caso cerca de mi lugar de trabajo. Por la zona de la estación de Saint-Lazare.»

Estaba a punto de colgar, pero no perdió la sangre fría.

«¿Conoce la calle de L'Arcade?», preguntó el hombre. «Podríamos quedar en un café. En el número 42 de la calle de L'Arcade.»

Daragane apuntó la dirección. Recobró el resuello y dijo:

«Muy bien, caballero. En el número 42 de la calle de L'Arcade mañana a las cinco de la tarde.»

Luego colgó sin esperar la respuesta de su interlocutor. Lamentó en el acto haberse portado de forma tan desabrida, pero le echó la culpa al calor que agobiaba París desde hacía unos cuantos días, un calor inhabitual en el mes de septiembre. Le incrementaba la soledad. Lo obligaba a quedarse encerrado en aquella habitación hasta que se ponía el sol. Y además el teléfono no había vuelto a sonar desde hacía meses. Y el móvil, encima del escritorio...: se preguntó cuándo lo había usado por última vez. Apenas si sabía utilizarlo y se equivocaba con frecuencia al apretar las teclas.

11

Si el desconocido no hubiese llamado por teléfono, se le habría olvidado para siempre la pérdida de aquella libreta. Intentaba recordar qué nombres había en ella. La semana anterior quería incluso reconstruirla y, en una hoja en blanco, había empezado a hacer una lista. Al cabo de un momento rompió la hoja. Ninguno de los nombres era de las personas que habían tenido importancia en su vida y cuyos números de teléfono y direcciones nunca había necesitado apuntar. Se los sabía de memoria. En esa libreta sólo había conocidos de esos de los que se dice que son «de orden profesional», unas cuantas señas supuestamente útiles, no más de treinta nombres. Y, entre ellos, varios que habría debido suprimir, porque ya no valían. Lo único que lo había preocupado al perder la libreta era haber mencionado en ella su propio nombre y sus señas. Por descontado, podía hacer como si no hubiera ocurrido nada y dejar que aquel individuo lo esperase en vano en el número 42 de la calle de L'Arcade. Pero entonces siempre quedaría algo en el aire, una amenaza. Había soñado muchas veces, en el vacío de algunas tardes solitarias, que sonaba el teléfono y una voz suave le daba una cita. Se acordaba del título de una novela que había leído: *El tiempo de los encuentros*. A lo mejor ese tiempo no había terminado aún para él. Pero la voz de hacía un rato no le inspiraba confianza. Desganada y amenazadora a un tiempo era aquella voz. Sí.

Le pidió al taxista que lo dejase en La Madeleine. Hacía menos calor que los otros días y era posible andar siempre y cuando uno fuera por la acera de la sombra. Fue por la calle de L'Arcade, desierta y silenciosa bajo el sol.

Llevaba una eternidad sin andar por aquellos parajes. Se acordó de que su madre actuaba en un teatro de las inmediaciones y su padre tenía un despacho al final del todo de la calle, a la izquierda, en el 73 del bulevar de Haussmann. Lo asombró que aún le sonara el número 73. Pero todo ese pasado se había vuelto tan translúcido con el tiempo... Un vaho que se disipaba al sol.

El café estaba en la esquina de la calle y del bulevar de Haussmann. Un local vacío, una barra larga con estanterías encima, igual que en un autoservicio o en un Wimpy de los de antes. Daragane se sentó en una de las mesas del fondo. ¿Acudiría el desconocido a la cita? Las dos puertas, la que daba a la calle y la que daba al bulevar, estaban abiertas por el calor. Al otro lado de la calle, el edificio grande, el número 73... Se preguntó si alguna de las ventanas del despacho de su padre daría de ese lado. ¿En qué piso? Pero esos recuerdos se le iban escabullendo sobre la marcha, como pompas de jabón o los retazos de un sueño que se volatilizan al despertar. Habría tenido la memoria más despierta en el café de la calle de

Les Mathurins, delante del teatro, donde esperaba a su madre, o en los alrededores de la estación de Saint-Lazare, una zona por la que había andado mucho hacía tiempo. Aunque no. Seguro que no. La ciudad ya no era la misma.

«¿El señor Jean Daragane?»

Había reconocido la voz. Tenía delante a un hombre de unos cuarenta años, a quien acompañaba una muchacha más joven que él.

«Gilles Ottolini.»

Era la misma voz, desganada y amenazadora. Señalaba a la muchacha:

«Una amiga... Chantal Grippay.»

Daragane seguía en su asiento, inmóvil, sin tenderles la mano siquiera. Se sentaron los dos enfrente de él.

«Le ruego nos disculpe... Llegamos con algo de retraso...»

Ottolini había adoptado un tono irónico, seguramente para mostrar aplomo. Sí, era la misma voz, con un leve, casi imperceptible, acento del sur que no le había llamado la atención a Daragane la víspera, por teléfono.

Piel marfileña, ojos negros, nariz aquilina. La cara era delgada, tan cortante de frente como de perfil.

«Aquí tiene lo que le pertenece», le dijo a Daragane, en el mismo tono irónico, que parecía ocultar cierto embarazo.

Se sacó del bolsillo de la chaqueta la libreta de

14

direcciones. La puso encima de la mesa tapándola con la palma de la mano, separando los dedos. Hubiérase dicho que quería impedir a Daragane que la cogiera.

La muchacha estaba algo retirada, como si no quisiera que nadie se fijara en ella, una morena de unos treinta años con media melena. Llevaba una camisa y un pantalón negros. Le lanzó una mirada inquieta a Daragane. Éste se preguntó, por los pómulos y los ojos rasgados, si no sería de origen vietnamita, o china.

«¿Y dónde encontró esta libreta?»

«En el suelo, debajo de un asiento del bar de la estación de Lyon.»

Le alargó la libreta de direcciones. Daragane se la metió en el bolsillo. Recordó, efectivamente, que el día que se fue a la Costa Azul llegó con adelanto a la estación de Lyon y se sentó en el bar del primer piso.

«¿Quiere tomar algo?», preguntó el tal Gilles Ottolini.

A Daragane le entraron ganas de dejarlos plantados. Pero cambió de opinión.

«Una Schweppes.»

«Intenta dar con alguien que nos atienda. Yo quiero un café», dijo Ottolini, volviéndose hacia la muchacha.

Ésta se puso de pie en el acto. Aparentemente, estaba acostumbrada a obedecerle.

15

«Debía de ser un fastidio estar sin esa libreta...»
Sonrió con una peculiar sonrisa que a Daragane le pareció insolente. Pero quizá fuera torpe o tímido.

«La verdad», dijo Daragane, «puede decirse que ya no llamo por teléfono.»

El hombre le echó una mirada perpleja. La muchacha volvió hacia la mesa y se sentó otra vez en su sitio.

«Ya no sirven a estas horas. Van a cerrar.»

Era la primera vez que Daragane oía la voz de aquella muchacha, una voz ronca y que no tenía el leve acento del sur del hombre que estaba a su lado. Más bien de acento parisino, si es que eso quiere decir algo aún.

«¿Trabaja por esta zona?», preguntó Daragane.

«En una agencia de publicidad de la calle de Pasquier. La agencia Sweerts.

«¿Y usted también?»

Se había vuelto hacia la muchacha.

«No», dijo Ottolini sin darle tiempo a la muchacha para contestar. «Ella de momento no hace nada.» Y otra vez la misma sonrisa crispada. La muchacha también esbozaba una sonrisa.

Daragane estaba deseando despedirse. Si no lo hacía en el acto, ¿conseguiría quitárselos de encima?

«Voy a serle sincero...» El hombre se inclinaba hacia Daragane y tenía la voz más aguda.

Daragane notó la misma sensación de la víspera, por teléfono. Sí, aquel hombre tenía una insistencia de insecto.

«Me he permitido hojear su libreta de direcciones... Mera curiosidad...»

La muchacha había vuelto la cabeza, como si fingiera que no oía nada.

«¿No está molesto conmigo?»

Daragane lo miró de frente, a los ojos. El hombre le sostuvo la mirada.

«¿Por qué iba a estarlo?»

Un silencio. El hombre había acabado por bajar la vista. Luego dijo, con la misma voz metálica:

«Hay una persona cuyo nombre he encontrado en su libreta de direcciones. Me gustaría que me proporcionase información acerca de ella...»

El tono se había vuelto más humilde.

«Disculpe mi indiscreción...»

«¿De quién se trata?», preguntó Daragane de mala gana.

Notaba de repente la necesidad de levantarse y de encaminarse con paso veloz hacia la puerta abierta que daba al bulevar de Haussmann. Y de respirar al aire libre

«De un tal Guy Torstel.»

Había pronunciado el nombre y el apellido articulando bien las sílabas, como para espabilarle la memoria adormecida a su interlocutor.

«¿Cómo dice?»

«Guy Torstel.»

Daragane se sacó del bolsillo la libreta de direcciones y la abrió por la letra *T*. Leyó el nombre, arriba del todo de la página, pero aquel Guy Torstel no le recordaba nada.

«No veo quién puede ser.»

«¿En serio?»

El hombre parecía decepcionado.

«Hay un número de teléfono de siete cifras», dijo Daragane. «Debe de ser de hace por lo menos treinta años...»

Volvió las páginas. Todos los demás números de teléfono eran, desde luego, actuales. De diez cifras. Y esa libreta de direcciones llevaba usándola cinco años nada más.

«¿Ese nombre no le dice nada?»

«No.»

Pocos años antes, habría dado muestra de esa amabilidad que todo el mundo le reconocía. Le habría dicho: «Déjeme algo de tiempo para dilucidar el misterio...» Pero no encontraba las palabras.

«Es en relación con un suceso sobre el que he reunido bastante documentación», siguió diciendo el hombre. «Aparece ese nombre... Eso es lo que pasa...»

De repente parecía a la defensiva.

«¿Qué clase de suceso?»

Daragane hizo la pregunta mecánicamente, como si le volvieran los antiguos reflejos de cortesía.

«Un suceso muy antiguo... Querría escribir un

18

artículo sobre él... Al principio, me dedicaba al periodismo, ¿sabe?»

Pero la atención de Daragane flaqueaba. No cabía duda de que debía dejarlos plantados lo antes posible; si no, aquel hombre le iba a contar su vida. «Lo siento mucho», le dijo. «Se me ha olvidado ese Torstel... A mi edad, a veces se pierde la memoria... Por desgracia tengo que dejarles...»

Se puso de pie y les dio la mano a ambos. Ottolini le lanzó una mirada dura, como si Daragane lo hubiera insultado y estuviera a punto de contestarle con violencia. La muchacha, por su parte, había bajado la vista.

Fue hacia la puerta acristalada, abierta de par en par, que daba al bulevar de Haussmann con la esperanza de que el otro no le impidiera el paso. Fuera, respiró a pleno pulmón. Qué idea tan peculiar esa de haber quedado con un desconocido, él, que llevaba tres meses sin ver a nadie y no por eso se sentía peor... Al contrario. En aquella soledad, nunca se había sentido tan liviano, con curiosos momentos de exaltación por la mañana o a última hora de la tarde, como si todo fuera posible aún y, como decía el título de una película antigua, la aventura estuviera a la vuelta de la esquina... Nunca, ni siquiera durante los veranos de su juventud, le había parecido la vida tan carente de peso como desde que había empezado el verano aquel. Pero en verano todo está en el aire; una estación «metafísica», le decía tiempo atrás su profesor de filosofía, Maurice Caveing. Qué curioso, se acordaba del apellido «Caveing» y no sabía ya quién era Torstel.

Aún hacía sol y una leve brisa atenuaba el calor. A aquella hora, el bulevar de Haussmann estaba desierto.

Durante los últimos cincuenta años había pasado por allí con frecuencia, incluso de niño, cuando su madre lo llevaba, subiendo un poco por el bulevar, a los grandes almacenes Le Printemps. Pero esa tarde, la ciudad le parecía extranjera. Había soltado todas las amarras que podían unirlo a ella aún, o quizá fuera ella la que lo había rechazado.

Se sentó en un banco y se sacó la libreta del bolsillo. Se disponía a romperla y desperdigar los pedacitos en la papelera de plástico verde, junto al banco. Pero titubeó. No, lo haría dentro de un rato, en su casa, con total tranquilidad. Hojeó distraídamente la libreta. Entre esos números de teléfono, ni uno que le apeteciera marcar. Y además en los dos o tres números que faltaban, en los que habían tenido importancia para él y aún se sabía de memoria, ya no contestaría nadie.

A eso de las nueve de la mañana sonó el teléfono. Acababa de despertarse.

«¿El señor Daragane? Gilles Ottolini.»

La voz le pareció menos agresiva que la víspera.

«Siento mucho lo de ayer... Tengo la impresión de que lo importuné...»

El tono era cortés, e incluso deferente. No quedaba nada de aquella insistencia de insecto que tanto había incomodado a Daragane.

«Ayer... quise alcanzarlo por la calle... Se fue usted tan de repente...»

Un silencio. Pero no era amenazador.

«¿Sabe que he leído algunos de sus libros? En particular *La negrura del verano*...»

La negrura del verano. Tardó unos segundos en caer en la cuenta de que se trataba efectivamente de una novela que había escrito tiempo atrás. Su primer libro. Quedaba tan lejos...

«Me gustó mucho *La negrura del verano*. Ese apellido que figura en su libreta de direcciones y del que hablamos..., Torstel..., lo usó usted en *La negrura del verano*.»

Daragane no recordaba nada de eso. Ni tampoco, por cierto, el resto del libro.

«¿Está seguro?»

«Cita ese apellido continuamente.»

«Tendría que volver a leer *La negrura del verano*. Pero no me queda ni un ejemplar.»

«Podría prestarle el mío.»

El tono le pareció a Daragane más seco, casi insolente. Lo más probable es que se equivocara. Cuando la soledad se prolonga demasiado –llevaba sin hablar con nadie desde principios del verano– nos volvemos desconfiados y suspicaces con nuestros semejantes y nos arriesgamos a cometer con ellos errores de apreciación. No, no son tan malas personas...

«Ayer no nos dio tiempo a entrar en detalles... Pero ¿qué demonios quiere usted del tal Torstel...?»

Daragane había recobrado la voz jovial. Bastaba con hablar con alguien. Era algo así como los movimientos gimnásticos que nos devuelven la flexibilidad.

«Por lo visto tiene que ver con un suceso antiguo... La próxima vez que nos veamos le enseñaré todos los documentos... Le he dicho que estaba escribiendo un artículo sobre ese tema...»

Así que aquel individuo quería volver a verlo. ¿Por qué no? Llevaba una temporada notando cierta reticencia a pensar que unos recién llegados pudieran aparecer en su vida. Pero, en otros momentos, se sentía disponible aún. Dependía de los días. Acabó por decirle:

«Entonces, ¿qué puedo hacer por usted?»

«Tengo que irme fuera dos días, por trabajo. Lo llamaré por teléfono cuando vuelva. Y quedamos.»

«Bueno.»

No estaba ya en la disposición de ánimo de la víspera. Seguramente había sido injusto con el tal Gilles Ottolini y lo había mirado con malos ojos. Tenía que ver con el timbre del teléfono de la otra tarde que lo había sacado de golpe de su duermevela. Un timbre tan poco frecuente desde hacía unos meses que lo había asustado y le había parecido tan amenazador como si alguien hubiera llamado a su puerta de madrugada.

No le apetecía volver a leer *La negrura del verano*, aun cuando esa lectura le fuera a dar la impresión de que la novela la había escrito otro. Le pediría sencillamente a Gilles Ottolini que le fotocopiase las páginas donde salía Torstel. ¿Bastaría para que le sonara de algo?

Abrió la libreta por la letra *T*, subrayó con bolígrafo azul «Guy Torstel 423 40 55» y añadió junto a ese apellido un signo de interrogación. Había vuelto a copiar todas esas páginas de una libreta de direcciones vieja, suprimiendo los nombres de los desaparecidos y los números que ya no valían. Y, seguramente, ese Guy Torstel se había colado arriba del todo de la página en un momento de distracción suya. Habría que volver a localizar la libreta de direcciones vieja, que debía de tener unos treinta años, y a lo mejor le volvía la memoria cuando viera ese apellido entre otros apellidos del pasado.

Pero ese día no se sentía con valor para revolver en los armarios y los cajones. Y menos aún para volver a leer *La negrura del verano*. Por lo demás, desde hacía una temporada sus lecturas se limitaban a un único autor: Buffon. Lo reconfortaba mucho la limpidez de su estilo y lamentaba que no hubiera influido en él: escribir novelas cuyos personajes hubiesen sido animales, e incluso árboles o flores... Si le hubieran preguntado en la actualidad qué escritor habría soñado ser, habría contestado sin titubear: un Buffon de los árboles y de las flores.

El teléfono sonó por la tarde, a la misma hora que el día anterior, y pensó que era otra vez Gilles Ottolini. Pero no era él, sino una voz femenina.

«Chantal Grippay. ¿Me recuerda? Nos vimos ayer, con Gilles... No quiero molestarle...»

La voz era débil y la enturbiaban unas interferencias.

Un silencio.

«Me gustaría mucho verlo, señor Daragane. Para hablarle de Gilles...»

Ahora la voz sonaba más próxima. Aparentemente, la tal Chantal Grippay había vencido la timidez.

«Ayer por la tarde, cuando se fue usted, temió que estuviera enfadado con él. Está pasando dos días en Lyon, por trabajo... ¿Quiere que nos veamos usted y yo a media tarde?»

El tono de la tal Chantal Grippay había cobrado seguridad, igual que un buceador que hubiera vacilado unos instantes antes de tirarse al agua.

«¿Le vendría bien a eso de las cinco? Vivo en el 118 de la calle de Charonne.»

Daragane apuntó las señas en la misma página en que figuraba el nombre: Guy Torstel.

«En el cuarto piso, al fondo del pasillo. Lo pone abajo, en el buzón. Está a nombre de Joséphine Grippay, pero me he cambiado el nombre...»

«En el número 118 de la calle de Charonne. A las seis de la tarde..., cuarto piso», repitió Daragane.

«Sí, eso es... Hablaremos de Gilles...»

Tras colgar ella el teléfono, la frase que acababa de decir, «Hablaremos de Gilles», le retumbaba en la cabeza a Daragane como la caída de un alejandrino. Tendría que preguntarle por qué se había cambiado de nombre.

Un edificio de ladrillo, más alto que los demás y algo retranqueado. Daragane prefirió subir los cuatro pisos a pie en vez de coger el ascensor. Al fondo del pasillo, en la puerta, una tarjeta de visita a nombre de «Joséphine Grippay». El nombre «Joséphine» estaba tachado y lo sustituía, en tinta violeta, «Chantal». Se disponía a llamar, pero se abrió la puerta. Ella iba vestida de negro, como la vez anterior en el café.

«El timbre no funciona, pero he oído el ruido de sus pasos.»

Sonreía y no se movía del sitio, en el vano de la

puerta. Se diría que se estaba pensando si dejarlo entrar.

«Si quiere podemos bajar a la calle a tomar algo», dijo Daragane.

«Ni mucho menos. Pase.»

Una habitación de tamaño mediano y, a la derecha, una puerta abierta. En apariencia daba a un cuarto de baño. Una bombilla colgaba del techo.

«No es que esto sea muy grande. Pero estaremos mejor para hablar.»

Se dirigió al escritorio pequeño de madera clara, entre las dos ventanas, cogió la silla y fue a colocarla cerca de la cama.

«Siéntese.»

Ella se sentó en el borde de la cama, o más bien del colchón. porque la cama no tenía somier.

«Es mi habitación... Gilles ha encontrado algo más grande para él en el distrito XVIII, en la glorieta de Le Graisivaudan.»

Alzaba la cabeza para hablarle. Él habría preferido sentarse en el suelo, o a su lado, en el borde de la cama.

«Gilles cuenta mucho con usted para que le ayude a escribir ese artículo... Ha escrito un libro, ¿sabe?, pero no se ha atrevido a decírselo...»

Se echó hacia atrás en la cama, alargó el brazo y cogió de la mesilla de noche un tomo de tapas verdes.

«Aquí está... No le diga a Gilles que se lo he prestado...»

Un tomito, titulado *El paseante hípico,* en cuyo dorso se indicaba que lo había publicado tres años atrás Éditions du Sablier. Daragane lo abrió y le echó una ojeada al índice. El libro lo componían dos capítulos largos: «Hipódromos» y «Escuela de jockeys».

Ella lo miraba con sus ojos levemente achinados.

«Vale más que no sepa que nos hemos visto.»

Se levantó, fue a cerrar una de las ventanas, que estaba entornada, y volvió a sentarse en el borde de la cama. A Daragane le dio la impresión de que había cerrado aquella ventana para que no los oyeran.

«Antes de trabajar en Sweerts, Gilles escribía artículos sobre las carreras de caballos en revistas y periódicos especializados.»

Titubeaba, como alguien a punto de hacer una confidencia.

«Cuando era muy joven, asistió a la escuela de jockeys de Maisons-Laffitte... Pero era durísimo..., tuvo que dejarlo... Ya lo verá si lee el libro...»

Daragane la escuchaba atentamente. Resultaba raro meterse tan deprisa en la vida de los demás... Pensaba que a su edad ya no volvería a ocurrirle, por cansancio suyo y por esa sensación de que los demás se van alejando poco a poco de uno.

«Me hizo ir a los hipódromos... Me enseñó a jugar... Es una droga, ¿sabe?...»

De repente, parecía triste. Daragane se preguntó si no andaría buscando en él un apoyo cualquiera, material o moral. Y el tono grave de esas últimas palabras que se le habían pasado por la cabeza le dio risa.

«¿Y siguen yendo a jugar a los hipódromos?»

«Cada vez menos desde que Gilles trabaja en Sweerts.»

Había bajado la voz. A lo mejor temía que Gilles Ottolini entrase en la habitación de improviso y los sorprendiera a ambos.

«Le enseñaré las notas que reunió para su artículo... A lo mejor conoció usted a todas esas personas...»

«¿Qué personas?»

«Por ejemplo esa persona de quien le habló..., Guy Torstel...»

Volvió a recostarse encima de la cama y cogió de la parte de abajo de la mesilla una carpeta de cartón azul cielo, que abrió. Había en ella páginas mecanografiadas y un libro que le alargó: *La negrura del verano*.

«Prefiero que lo conserve usted», dijo él con tono seco.

«Ha marcado la página donde cita usted al tal Guy Torstel...»

«Le pediré que la fotocopie. Así me evito volver a leer el libro...»

Pareció sorprenderla que él no quisiera volver a leer su propio libro.

«Iremos luego a fotocopiar también las notas que tomó, para que se las lleve.»

Y le señalaba las páginas mecanografiadas.

«Pero todo esto tiene que quedar entre nosotros...»

Daragane notaba que estaba un poco tieso en la silla y, para aparentar presencia de ánimo, hojeaba el libro de Gilles Ottolini. En el capítulo «Hipódromos» se topó con dos palabras impresas en mayúsculas: LE TREMBLAY. Y con esas palabras saltó en él un muelle, sin que supiera bien por qué, como si poco a poco le volviese a la memoria un detalle que hubiera olvidado.

«Ya verá... Es un libro interesante...»

Alzaba la cabeza hacia él y le sonreía.

«¿Hace mucho que vive aquí?»

«Dos años.»

Las paredes beige que llevaban, desde luego, años sin que las volvieran a pintar, el escritorio pequeño y las dos ventanas que daban a un patio... Había vivido en habitaciones así cuando tenía la misma edad que la tal Chantal Grippay, y cuando era más joven que ella. Pero por entonces no era en los barrios del este. Más bien al sur, por la periferia del distrito XIV o del XV. Y hacia el noroeste, en la glorieta de Le Graisivaudan que había citado ella hacía un rato por una misteriosa coincidencia. Y también al pie de la colina de Montmartre, entre Pigalle y Blanche.

«Sé que Gilles lo ha llamado esta mañana antes de irse a Lyon. ¿No le ha dicho nada de particular?»

«Sencillamente que nos volveríamos a ver.»

«Temía que estuviera usted enfadado...»

A lo mejor Gilles Ottolini estaba al tanto de su cita de ese día. Le parecía que ella sería más convincente para incitarlo a hablar, como esos inspectores de policía que se turnan durante un interrogatorio. No, no se había ido a Lyon y estaba escuchando su conversación detrás de la puerta. Esa idea le hizo sonreír.

«Es una indiscreción, pero me pregunto por qué cambió de nombre.»

«Me parecía que Chantal era más sencillo que Joséphine.»

Lo había dicho muy seria, como si ese cambio de nombre hubiera sido algo muy meditado.

«Me da la impresión de que en la actualidad ya no queda nadie que se llame Chantal. ¿Cómo conocía ese nombre?»

«Lo escogí en el calendario.»

Había dejado la carpeta de cartón azul cielo en la cama, a su lado. Una foto grande asomaba a medias, entre el ejemplar de *La negrura del verano* y las hojas mecanografiadas.

«¿Qué es esa foto?»

«La foto de un niño... Ya verá... Formaba parte del dossier...»

A él no le gustaba la palabra «dossier».

«Gilles pudo conseguir informes de la policía sobre ese suceso que le interesa... Conocimos a un

31

poli que apostaba en las carreras... Rebuscó en los archivos... También encontró la foto...»

Volvía a tener la voz ronca de la vez anterior, en el café, que sorprendía en una persona de su edad.

«¿Me permite?», dijo Daragane. «Estoy demasiado alto en esta silla.»

Se sentó en el suelo, a los pies de la cama. Ahora estaban a la misma altura.

«No, no..., ahí no está cómodo... Venga a sentarse en la cama...»

Se inclinaba hacia él y tenía la cara tan cerca de la suya que Daragane se fijó en una cicatriz minúscula en el pómulo izquierdo. Le Tremblay. Chantal. La glorieta de Le Graisivaudan. Esas palabras se habían abierto paso. Una picadura de insecto, poca cosa al principio, y cada vez nos duele más y, pronto, una sensación de desgarro. El presente y el pasado se confunden y parece algo natural porque sólo los separaba un tabique de celofán. Bastaba con una picadura de insecto para agujerear el celofán. No habría sabido decir el año, pero era muy joven, en una habitación tan pequeña como ésa, en compañía de una chica que se llamaba Chantal, un nombre bastante corriente por entonces. El marido de aquella Chantal, un tal Paul, y otros amigos de ellos dos se habían ido, como solían hacerlo los sábados, a jugar a los casinos de los alrededores de París: Enghien, Forges-les-Eaux..., y volverían al día siguiente con algo de dinero. Él, Daragane, y aquella Chantal estaban pasando la noche entera juntos en la habitación de la glorieta de Le Graisivaudan hasta que regresaran los demás. Paul, el marido, también era asiduo de los hipódromos. Un jugador. Con él sólo se podía hablar de martingalas.

La otra Chantal –la de ahora– se levantó y abrió una de las dos ventanas. Empezaba a hacer mucho calor en aquella habitación.

«Estoy esperando una llamada de Gilles. No voy a decirle que está usted aquí. ¿Me promete que lo ayudará?»

Volvió a tener la sensación de que se habían puesto de acuerdo ella y Gilles Ottolini para no darle tregua y quedar con él por turnos. Pero ¿con qué finalidad? ¿Y ayudarlo exactamente a qué? ¿A escribir ese artículo sobre el suceso antiguo del que él, Daragane, aún no sabía nada? A lo mejor el «dossier» –como había dicho ella antes–, ese dossier que tenía allí, a su lado, encima de la cama, en la carpeta de cartón abierta, le aclararía algo.

«¿Me promete ayudarlo?»

Estaba más apremiante y movía el dedo índice. Él no sabía si ese gesto era una amenaza.

«A condición de que me especifique qué quiere exactamente de mí.»

Un timbrazo estridente llegaba desde el cuarto de baño. Luego, unas cuantas notas de música.

«Mi móvil... Debe de ser Gilles...»

Se metió en el cuarto de baño y cerró la puerta

al entrar, como si no quisiera que Daragane la oyera hablar. Él se sentó en el borde de la cama. No se había fijado, en la pared, cerca de la entrada, en una percha de la que colgaba un vestido que le pareció de satén negro. A ambos lados, debajo de los hombros, estaba cosida una golondrina de lamé de oro. Cremalleras en la cadera y en las muñecas. Un vestido antiguo, seguramente, comprado de segunda mano en Les Puces. Se la imaginó con ese vestido de satén de las dos golondrinas amarillas.

Tras la puerta del cuarto de baño, prolongados momentos de silencio y, en cada uno de ellos, Daragane creía que la conversación había terminado. Pero la oía decir, con su voz ronca: «No, te lo prometo...» Y esa frase se repetía dos y tres veces. Oyó que decía también: «No, no es cierto» y «Es mucho más sencillo de lo que crees...». Por lo visto, Gilles Ottolini le estaba reprochando algo o le contaba sus preocupaciones. Y ella quería tranquilizarlo.

La conversación se prolongaba y Daragane sintió la tentación de irse del cuarto sin hacer ruido. Cuando era más joven, aprovechaba la menor ocasión para dejar plantada a la gente sin que consiguiera explicarse muy bien por qué: ¿una voluntad de cortar por lo sano y de respirar al aire libre? Pero ese día sentía la necesidad de dejar que lo arrastrase la corriente sin resistencias inútiles. Sacó de la carpeta de cartón azul cielo la foto que le había llamado antes la atención. A primera vista, se trataba de la ampliación de una foto de carnet de identidad. Un niño de unos siete años, con el pelo corto, peinado al estilo de principios de los años cincuenta, pero que también podía ser un niño de hoy en día. Era una época en que todas las modas, las de anteayer, las de ayer y las de hoy se mezclaban, y a lo mejor se había vuelto, para los niños, a aquel corte de pelo de antes. Tendría que aclararlo y sentía urgencia por fijarse por la calle en el corte de pelo de los niños.

Ella salió del cuarto de baño con el móvil en la mano.

«Disculpe... He tardado mucho, pero le he dado ánimos. Gilles a veces lo ve todo negro.»

Se sentó a su lado en el borde de la cama.

«Por eso tiene que ayudarlo. Le gustaría mucho que se acordase de quién era el tal Torstel... ¿No se le ocurre nada?»

Otra vez el interrogatorio. ¿Hasta qué hora de la noche iba a seguir? No volvería a salir de esa habitación. A lo mejor ella había cerrado la puerta con llave. Pero se sentía muy tranquilo, sólo un poco cansado, como le pasaba con frecuencia a media tarde. Y de buena gana le habría pedido permiso para echarse en la cama.

Se repetía un nombre a sí mismo y no conseguía librarse de él. Le Tremblay. Un hipódromo del extrarradio, al sudeste, al que Chantal y Paul lo habían llevado un domingo de otoño. Paul cruzó unas palabras en las tribunas con un hombre mayor que ellos y les explicó que se lo encontraba a veces en el casino de Forges-les-Eaux y que también era asiduo de los hipódromos. El hombre les propuso llevarlos a París en coche. Era un otoño de verdad y no el «verano indio» de ese día en que hacía tanto calor en aquella habitación, sin que acabase de saber cuándo podría despedirse... Ella había cerrado la carpeta de cartón azul cielo y se la había colocado en las rodillas.

«Deberíamos ir a hacer fotocopias para usted... Está muy cerca...»

Miraba el reloj.

«La tienda cierra a las siete... Tenemos tiempo.»

Intentaría luego recordar el año exacto de aquel otoño. Desde Le Tremblay fueron siguiendo el Marne y cruzaron el bosque de Vincennes al caer la tarde. Daragane iba al lado del hombre que conducía; los otros dos, detrás. El hombre pareció sorprendido cuando Paul hizo las presentaciones: Jean Daragane.

Iban hablando de todo un poco, de la última carrera de Le Tremblay. El hombre le había dicho:

«¿Se llama Daragane? Creo que conocí a sus padres hace mucho...»

Esa palabra, «padres», lo dejó sorprendido. Tenía la sensación de no haber tenido padres nunca.

«Fue hace unos quince años... En una casa cerca de París... Me acuerdo de un niño...»

El hombre se había vuelto hacia él.

«El niño era usted, supongo...»

Daragane temía que le preguntase por una época de su vida en la que ya no pensaba. Y, además, no tenía gran cosa que decirle. Pero el hombre callaba. Hubo un momento en que le dijo:

«No recuerdo ya cuál era aquel sitio en los alrededores de París.»

«Yo tampoco.» Y se arrepintió de haberle contestado de forma tan seca.

Sí, acabaría por acordarse de la fecha exacta de aquel otoño. Pero, de momento, estaba sentado en el borde de la cama, al lado de esa Chantal, y le parecía que se estaba despertando de una repentina modorra. Intentaba retomar el hilo de la conversación.

«¿Se pone mucho ese vestido?»

Le indicaba el vestido de satén negro con las dos golondrinas amarillas.

«Me lo encontré aquí cuando alquilé la habitación. Seguramente era de la inquilina de antes.»

«O a lo mejor suyo, en una vida anterior.»

Ella frunció el ceño y clavó en él una mirada desconfiada. Le dijo:

«Podemos ir a hacer las fotocopias.»

Se había puesto de pie y a Daragane le pareció que quería salir de la habitación lo antes posible. ¿De qué tenía miedo? No habría debido mencionarle aquel vestido.

Tras volver a casa, se preguntó si no habría soñado. Era sin duda por culpa del «verano indio» y del calor.

Ella lo había llevado a una papelería del bulevar de Voltaire, al fondo de la cual había una fotocopiadora. Las hojas mecanografiadas eran tan finas como el papel que se usaba antes para mandar cartas «por avión».

Salieron de la tienda y dieron unos pasos por el bulevar. Hubiérase dicho que Chantal no quería apartarse nunca de él. A lo mejor temía que, cuando se separasen, no volviera a dar señales de vida y Gilles Ottolini no supiera nunca quién era el misterioso Torstel. Pero él también se habría quedado gustoso en su compañía de tanta aprensión como le daba la perspectiva de volver solo a su casa.

«Si lee el dossier esta noche, a lo mejor le refresca la memoria...», y le señalaba la carpeta de cartón naranja que tenía en la mano y donde iban las fotocopias. Se había empeñado incluso en que reprodujeran la foto del niño. «Puede llamarme por teléfono esta noche a cualquier hora... Gilles no vuelve hasta mañana a mediodía... Me gustaría mucho saber lo que opina usted de todo esto...»

Sacó de la cartera una tarjeta de visita a nombre de Chantal Grippay, con las señas, calle de Charonne, 118, y el número del móvil.

«Ahora tengo que volver... Me va a llamar Gilles y se me ha olvidado coger el móvil...»

Habían dado media vuelta e iban hacia la calle de Charonne. Ninguno de los dos decía nada. No necesitaban hablar. A ella por lo visto le parecía natural que anduvieran juntos, y Daragane había pensado que si la cogiera del brazo se dejaría, como si se conociesen desde hacía mucho. Se separaron delante de las escaleras de la estación de metro Charonne.

Ahora, en su despacho, hojeaba las páginas del «dossier», pero no le apetecía leerlas en el acto.

Para empezar, no estaban mecanografiadas a doble espacio y aquel bloque de caracteres apiñados unos encima de otros lo desanimaba de antemano. Y, además, al tal Torstel había acabado por identificarlo. Al volver de Le Tremblay, aquel domingo de otoño, el hombre quería dejar a cada cual en su domicilio. Pero Chantal y Paul se bajaron en Montparnasse. Desde allí tenían línea de metro directa para volver a casa. Él se quedó en el coche porque el hombre le había dicho que no vivía lejos de la glorieta de Le Graisivaudan, donde él, Daragane, ocupaba la habitación aquella.

Hicieron en silencio gran parte del trayecto. El hombre acabó por decirle:

«He debido de ir dos o tres veces a esa casa de los alrededores de París... Me llevó su madre...»

Daragane no contestó nada. Evitaba de verdad pensar en aquella época lejana de su vida. Y, en cuanto a su madre, ni siquiera sabía si vivía aún.

El hombre detuvo el coche a la altura de la glorieta de Le Graisivaudan.

«Dele recuerdos a su madre... Nos perdimos de vista hace mucho... Pertenecíamos a algo así como un club con otros amigos..., el Club de las Crisálidas... Tome, por si, por casualidad, intenta entrar en contacto conmigo...»

Le alargaba una tarjeta de visita en la que ponía «Guy Torstel» y –por lo que creía recordar– unas señas profesionales, una librería de la plaza de Le Palais-Royal. Y un número de teléfono. Más adelante, Daragane perdió la tarjeta. Pero el caso es que ya había copiado el nombre y el número de teléfono –¿por qué?– en la libreta de direcciones que tenía por entonces.

Se sentó ante su escritorio. Debajo de las hojas del «dossier» encontró la fotocopia de la página 47 de su novela, *La negrura del verano*, donde, por lo visto, salía el tal Torstel. El nombre estaba subrayado, seguramente por Gilles Ottolini. Leyó:

40

«En la galería de Beaujolais había una librería en cuyo escaparate se exponían libros de arte. Entró. Una mujer morena estaba sentada en su escritorio.

»"Querría hablar con el señor Morihien."

»"El señor Morihien no está, le dijo. ¿Quiere hablar con el señor Torstel?"»

Nada más. No es que fuera mucho. Ese apellido sólo salía en la página 47 de la novela. Y la verdad era que no se encontraba esa noche con ánimos para buscarlo en las páginas mecanografiadas a un espacio del «dossier». Torstel. Una aguja en un pajar.

Recordaba que en la tarjeta de visita que había perdido aparecían efectivamente las señas de una librería en la plaza de Le Palais-Royal. Y, a lo mejor, el número de teléfono era el de la librería. Pero, tras más de cuarenta y cinco años, esos dos detalles mínimos no bastarían para ponerlo sobre la pista de un hombre que ya no era sino un apellido.

Se tumbó en el sofá y cerró los ojos. Había decidido retrotraerse en el tiempo, aunque sólo fuera por un momento. La novela, *La negrura del verano*, la empezó en otoño, ese mismo otoño en que fue un domingo a Le Tremblay. Se acordaba de que había escrito la primera página del libro ese domingo por la noche en la habitación de la glorieta de Le Graisivaudan. Pocas horas antes, cuando el coche de Torstel fue siguiendo los muelles del Marne y cruzó luego el bosque de Vincennes, Daragane había notado de verdad el peso del otoño: la bruma, el olor a tierra húmeda, los paseos cubiertos de hojas secas. En adelante, la palabra «Tremblay» iría siempre asociada para él a aquel otoño.

Y también el apellido Torstel, que había usado tiempo atrás en la novela. Sólo por cómo sonaba. Eso era lo que le recordaba Torstel. Y no había que darle más vueltas. Era todo cuanto podía decir. Seguramente Gilles Ottolini se llevaría un chasco. Qué se le iba a hacer. A fin de cuentas, no estaba obligado a darle explicación alguna. No era cosa suya.

Casi las once de la noche. Cuando estaba a solas en su casa a esa hora, notaba muchas veces eso que se llama un «bajón». Entonces se iba a un café de las inmediaciones que abría por la noche hasta muy tarde. La luz fuerte, el barullo, las idas y venidas, las conversaciones en que le parecía participar, con todo eso se reponía, al cabo de un rato, de ese bajón. Pero desde hacía una temporada ya no necesitaba recurrir a eso. Le bastaba con mirar, por la ventana de su despacho, el árbol que crecía en el patio del edificio de al lado, al que le duraban las hojas mucho más que a los otros, hasta noviembre. Le habían dicho que era un carpe, o un tiemblo, ya no se acordaba. Se arrepentía de todos esos años perdidos en los que no se había fijado ni en los árboles ni en las flores. Él, que ya no leía más libros que la *Historia natural* de Buffon, recordó de pronto un párrafo de las memorias de una filósofa francesa. Se escandalizaba ésta de algo que había dicho una mujer durante la guerra: «Qué quieren que les diga, la guerra no modifica mis relaciones con una brizna de hierba.» Seguramente a la filósofa esa mujer le parecía o frívola o indiferente. Pero para él, Daragane, la frase tenía un sentido diferente: en los períodos de cataclismo o de desvalimiento espiritual, no queda más recurso que buscar un punto fijo para guardar el equilibrio y no caerse por la borda. Los ojos se detienen en una brizna de hierba, en un árbol, en los pétalos de una flor como si se aferrasen a un salvavidas. Ese carpe —o ese tiemblo— tras el cristal de la ventana lo tranquilizaba. Y, aunque eran casi las once de la noche, lo reconfortaba su presencia silenciosa. Así que más valía acabar de una vez y leerse las páginas mecanografiadas. No le quedaba más remedio que rendirse a la evidencia: la voz y el aspecto de Gilles Ottolini le habían parecido de entrada los de un chantajista. Había querido superar ese prejuicio. Pero ¿lo había conseguido de verdad?

Quitó el clip que sujetaba las hojas. El papel de las fotocopias no era igual que el del original. Se acordó de lo finas y transparentes que eran las hojas a medida que Chantal Grippay las iba fotocopiando. Le habían recordado el papel de cartas «por avión». Pero no era del todo así. Tenían más bien la misma transparencia que el papel cebolla que usaban en los interrogatorios de la policía. Y además Chantal Grippay le había dicho: «Gilles pudo conseguir informes de la policía...»

Echó una última ojeada al follaje del árbol, que tenía enfrente, antes de empezar a leer.

Las letras eran diminutas, como si las hubieran escrito con una de esas máquinas de escribir portátiles que en la actualidad ya no existían. A Daragane le daba la impresión de que se estaba sumergiendo en un caldo compacto e indigesto. A veces se saltaba una línea y tenía que dar marcha atrás con ayuda del dedo índice. Más que de un informe homogéneo se trataba de notas muy breves, una detrás de otra, desordenadísimas, que se referían al asesinato de una tal Colette Laurent.

Las notas reproducían el recorrido que había hecho. Llega muy joven de provincias a París. Trabaja en una sala de fiestas de la calle de Ponthieu. Habitación en un hotel del barrio de Odéon. Tiene trato con estudiantes de la Escuela de Bellas Artes. Lista de las personas a quienes habían interrogado y que Colette podría haber conocido en la sala de fiestas, lista de estudiantes de Bellas Artes. Aparece el cuerpo en la habitación de un hotel del distrito XV. Interrogatorio del dueño del hotel.

¿Ése era, pues, el suceso que interesaba a Ottolini? Daragane interrumpió la lectura. Colette Laurent. Ese nombre, anodino en apariencia, despertaba en él un eco, pero demasiado sordo para que pudiera concretarlo. Tenía la impresión de haber leído la

44

fecha, 1951, pero no tenía valor para comprobarlo entre esas palabras apretujadas que le daban a uno sensación de ahogo. 1951. Desde entonces había transcurrido más de medio siglo y los testigos de ese suceso, e incluso el asesino, ya habían dejado de existir. Gilles Ottolini llegaba tarde. Ese revuelvemierda se iba a quedar con las ganas. Daragane se arrepintió de haberle encasquetado un calificativo tan grosero. Aún le quedaban unas pocas páginas por leer. Seguía notando el mismo nerviosismo y la misma aprensión que se habían adueñado de él al abrir el «dossier».

Se quedó un momento mirando el follaje del carpe, que se movía levemente, como si el árbol respirase mientras dormía. Sí, ese árbol era amigo suyo, y recordó el título de una colección de poemas que había publicado una chica de ocho años: *Árbol, amigo mío*. Envidiaba a esa chica porque tenía la misma edad que ella y él también, por entonces, escribía poemas. ¿En qué fecha había sucedido aquello? En un año de su infancia casi tan remoto como el año 1951 en que asesinaron a Colette Laurent.

Otra vez las letras diminutas, en líneas a un espacio, le bailaban ante los ojos. E iba siguiendo la línea con el índice para no perder el hilo. Por fin el nombre de Guy Torstel. Iba asociado a otros tres nombres entre los que se llevó la sorpresa de reconocer el de su madre. Los otros dos eran Bob Bugnand y Jacques Perrin de Lara. Los recordaba vagamente, y

45

era algo que se remontaba también a la lejana época en que la chica de su edad había publicado *Árbol, amigo mío*. El primero, Bugnand, una silueta de deportista vestida de beige. Un hombre moreno, le parecía; y el otro, un hombre con una cabeza grande de estatua romana que se acodaba en la repisa de mármol de las chimeneas en una postura elegante cuando hablaba. Los recuerdos de la infancia son con frecuencia detallitos que destacan saliendo de la nada. ¿Le habían llamado la atención esos nombres a Ottolini y había establecido una relación entre ellos y Daragane? No, claro que no. De entrada, su madre no se apellidaba como él. Los otros dos, Bugnand y Perrin de Lara, se habían esfumado en la noche de los tiempos, y Ottolini era demasiado joven para que le recordasen algo.

Según iba leyendo, le daba la sensación de que ese «dossier» era algo así como un cajón de sastre donde se mezclaban los retazos de dos investigaciones diferentes que no habían ocurrido el mismo año, puesto que ahora el que se mencionaba era 1952. Entre las notas de 1951 que se referían al asesinato de Colette Laurent y las que figuraban en las dos páginas del final le pareció, no obstante, intuir un débil hilo conductor: «Colette Laurent había frecuentado una casa de Saint-Leu-la-Forêt» donde vivía «una tal Annie Astrand». Al parecer esa casa la vigilaba la policía, pero ¿por qué? Entre los apellidos citados, los de Torstel, su madre, Bugnand y Perrin de

Lara. Había otros dos nombres que le sonaban: el de Roger Vincent y, sobre todo, el de la mujer que vivía en la casa de Saint-Leu-la-Forêt, «una tal Annie Astrand».

Le habría gustado ordenar esas notas confusas, pero le pareció que era algo que iba más allá de sus fuerzas. Y, además, tan entrada la noche a uno se le ocurren con frecuencia cosas raras: el blanco al que pretendía apuntar Gilles Ottolini al reunir todas las notas de ese dossier resultaba que no era un suceso antiguo, sino él en persona, Daragane. Por supuesto Ottolini no había dado con el ángulo de tiro, iba a tientas, se extraviaba por atajos, era incapaz de meterse de lleno en el asunto. Sentía cómo rondaba a su alrededor buscando una vía de acceso. A lo mejor había recopilado todos esos elementos variopintos con la esperanza de que Daragane reaccionase ante alguno de ellos, igual que esos policías que comienzan un interrogatorio diciendo cosas sin importancia para aletargar las defensas del sospechoso. Y cuando éste se siente ya seguro, le sueltan bruscamente la pregunta crucial.

Se le volvieron a posar los ojos en el follaje del carpe, tras el cristal, y se avergonzó de pensar cosas así. Estaba perdiendo la sangre fría. Las pocas páginas que acababa de leer no eran sino un borrador torpe, un cúmulo de detalles que tapaban lo esencial. Sólo había un nombre que lo alterase, y ejercía sobre él el efecto de un imán: Annie Astrand. Pero apenas si era posible leerlo entre todas esas palabras amontonadas en líneas a un espacio. Annie Astrand. Una voz lejana, captada muy tarde por la radio, y de la que uno se dice que se dirige a él para darle un mensaje. Alguien le había asegurado un día que nos olvidamos enseguida de las voces de quienes formaron parte de nuestro entorno en el pasado. Sin embargo, si oyese en la actualidad la voz de Annie Astrand a su espalda, por la calle, estaba seguro de que la reconocería.

Cuando volviera a tener delante a Ottolini, se guardaría muy mucho de sacar a relucir ese nombre, Annie Astrand, pero no tenía la seguridad de verlo de nuevo. Como mucho, le escribiría para darle las escasas informaciones que tenía sobre Guy Torstel. Un hombre que llevaba una librería en la galería de Beaujolais, junto a los jardines de Le Palais-Royal. Sí, sólo lo había visto una vez, hacía casi cincuenta años, un domingo de otoño a última hora de la tarde, en Le Tremblay. Podría incluso llevar la amabilidad hasta el extremo de proporcionarle, de propina, unos cuantos detalles acerca de los otros dos, Bugnand y Perrin de Lara. Unos amigos de su madre, como debía de serlo Guy Torstel. El año en que leía los poemas de *Árbol, amigo mío* y le tenía envidia a esa niña que los había escrito, Bugnand y Perrin de Lara —y, a lo mejor, Guy Torstel— llevaban siempre un libro en el bolsillo, como si fuera un misal, un libro al que parecían darle mucha importancia. Se acordaba del título: *Fabrizio Lupo*. Un día, Perrin de Lara le dijo con voz muy seria: «Tú también leerás *Fabrizio Lupo* cuando seas mayor», una de esas frases que siguen siendo misteriosas hasta el final de la vida por la forma en que suenan. Más adelante, buscó ese libro, pero no hubo suerte, nunca dio con un ejemplar, y nunca leyó *Fabrizio Lupo*. No sería necesario que mencionase esos recuerdos minúsculos. La perspectiva más verosímil era que acabaría por librarse de Gilles Ottolini. Sonaría el teléfono, y no lo descolgaría. Cartas, algunas de ellas certificadas. Lo más molesto es que Gilles se apostaría delante de su casa y, como no sabía el código del portero automático, se quedaría esperando a que alguien abriese la puerta cochera para colarse detrás. Llamaría a su puerta. Daragane tendría que desconectar el timbre también. Siempre que saliera de casa se toparía con Gilles Ottolini, que le hablaría y lo iría siguiendo por la calle. Y no le quedaría más remedio que refugiarse en la comisaría más próxima. Pero los polis no se tomarían en serio sus explicaciones.

Era casi la una de la mañana y se dijo que a esa hora, entre el silencio y la soledad, a uno le entran obsesiones por bobadas. Se fue tranquilizando poco a poco e incluso le dio algo así como un ataque de risa incontenible al recordar la cara de Ottolini, una de esas caras tan estrechas que incluso cuando están de frente parece que estén de perfil.

Las hojas mecanografiadas estaban desperdigadas por encima del escritorio. Cogió un lápiz que tenía por un lado una mina roja y por el otro una mina azul y que usaba para revisar sus manuscritos. Fue tachando una a una, con rayas grandes, en azul, las páginas, y rodeó con un círculo rojo el nombre: ANNIE ASTRAND.

A eso de las dos de la mañana, sonó el teléfono. Se había quedado dormido en el sofá.

«¿Oiga?... ¿Señor Daragane? Soy Chantal Grippay...»

Daragane titubeó por un momento. Acababa de tener un sueño en que se le había aparecido la cara de Annie Astrand, y eso era algo que no le había ocurrido desde hacía más de treinta años.

«¿Ha leído las fotocopias?»

«Sí.»

«Discúlpeme por llamar tan tarde... pero estaba tan impaciente por saber qué opinaba... ¿Me oye?»

«Sí.»

«Tendríamos que vernos antes de que vuelva Gilles. ¿Puedo pasar por su casa?»

«¿Ahora?»

«Sí. Ahora.»

Le dio las señas, el número del código de la puerta, el piso. ¿Había dejado de soñar? Hacía un rato, la cara de Annie Astrand le parecía tan cercana... Estaba al volante de su coche, delante de la casa de Saint-Leu-la-Forêt; él iba sentado a su lado y ella le hablaba, pero no oía el sonido de su voz. Encima de su escritorio, las fotocopias desordenadas. Se le había olvidado que las había tachado con rayas azules. Y el nombre, Annie Astrand, saltaba a la vista porque lo rodeaba un círculo rojo... Habría que evitar que Gilles Ottolini lo viera. Existía el riesgo de que ese círculo rojo lo pusiera sobre alguna pista. Cualquier poli habría preguntado, de haberse encontrado con algo así tras ir pasando despacio las páginas:

«¿Por qué ha subrayado ese nombre?»

Le echó una ojeada al carpe, cuyo follaje estaba quieto, y eso lo tranquilizó. Ese árbol era un centinela, la única persona que velaba por él. Se apostó en la ventana, del lado de la calle. A aquella hora no pasaban coches y las farolas lucían inútilmente. Vio a Chantal Grippay, que iba andando por la acera de enfrente y parecía estar mirando los números de las casas. Llevaba en la mano una bolsa de plástico. Se preguntó si habría ido andando desde la calle de Charonne hasta allí. Oyó la puerta cochera cerrarse de un portazo y los pasos de ella por las escaleras, unos pasos muy lentos, como si dudase en subir. Antes de que llamase, Daragane abrió la puerta, y ella se sobresaltó. Seguía llevando un pantalón y una camisa negros. Le pareció tan tímida como la primera vez, en el café de la calle de L'Arcade.

«No quería molestarlo tan tarde...»

Se quedaba quieta en el umbral, con expresión de disculpa. Él le agarró el brazo para que entrase. Si no, presentía que se habría dado media vuelta. En la habitación que usaba como despacho, le indicó el sofá y ella se sentó y dejó a su lado la bolsa de plástico.

«¿Qué? ¿Lo ha leído?»

Le había hecho la pregunta con voz ansiosa. ¿Por qué le daba a aquello tanta importancia?

«Lo he leído, pero la verdad es que no puedo ayudar a su amigo de ninguna manera. No conozco a esas personas.»

«¿Ni siquiera a Torstel?»

Lo miraba de frente, a los ojos.

El interrogatorio iba a reanudarse sin interrupción hasta que se hiciera de día. Luego, a eso de las ocho, llamarían a la puerta. Sería Gilles Ottolini, de regreso de Lyon, que acudía a relevarla.

«Ni siquiera a Torstel.»

«¿Por qué usó su apellido en un libro si no lo conocía?»

Había adoptado una entonación falazmente candorosa.

«Escojo los apellidos al azar, mirando la guía.»

«¿Así que no puede ayudar a Gilles?»

Fue a sentarse junto a ella en el sofá y le arrimó la cara. Volvió a ver la cicatriz del pómulo izquierdo.

«Él querría que lo ayudase a escribir... Creía que todo lo que hay en esas hojas lo tocaba a usted de muy cerca...»

En ese momento tuvo la sensación de que los papeles se habían invertido y que bastaría con poca cosa para que ella «se viniera abajo», por usar la expresión que había oído tiempo atrás en determinados ambientes. A la luz de la lámpara, le llamaron la atención las ojeras y el temblor de las manos. Le pareció más pálida que hacía un rato, al abrirle la puerta.

Encima del escritorio, las hojas tachadas con lápiz azul quedaban muy a la vista. Pero ella no se había fijado por el momento.

«Gilles ha leído todos sus libros y se ha informado acerca de usted...»

Esas palabras le causaron una leve inquietud. Había tenido la mala suerte de que se fijase en él alguien que a partir de entonces no iba a dejarlo en paz. Sucede con algunas personas cuando cruzamos la mirada con ellas. De repente pueden ponerse agresivas sin motivo, o acercarse para hablarnos, y es muy difícil librarse de ellas. Daragane siempre se esforzaba en ir por la calle con la mirada baja.

«Y además piensan despedirlo de la agencia Sweerts... Otra vez se va a quedar en paro...»

A Daragane le llamó la atención el tono exhausto de ella. Le pareció intuir en ese cansancio una pizca de irritación, e incluso cierto desprecio.

«Pensaba que iba a ayudarlo... Le da la impresión de que lo conoce a usted hace mucho... Sabe muchas cosas de usted...»

Parecía que quisiera decir más cosas. No faltaba mucho para esa hora de la noche en que el maquillaje se agrieta y la gente está a punto de meterse en confidencias.

«¿Quiere tomar algo?»

«¡Ay, sí! Algo fuerte... Necesito que se me levante el ánimo...»

A Daragane lo extrañó que, a su edad, emplease esa expresión pasada de moda. Llevaba mucho sin oír las palabras «levantar el ánimo». A lo mejor las usaba Annie Astrand en otra época. Chantal se cogía las manos y las apretaba, como si intentase reprimir su temblor.

No encontró en la alacena de la cocina más que una botella de vodka medio vacía y se preguntó quién demonios la habría dejado ahí. Ella se había acomodado en el sofá con las piernas estiradas y la espalda apoyada en un grueso almohadón naranja.

«Perdone, pero me siento un poco cansada...»

Tomó un sorbo. Luego otro.

«Ya estoy mejor... Son terribles las fiestas esas...»

Miraba a Daragane con cara de querer ponerlo por testigo. Él se lo pensó un poco antes de hacerle la pregunta:

«¿Qué fiestas?»

«Esta de la que vengo...»

Luego, con voz seca:

«Me pagan por ir a esas "fiestas"... Es por Gilles... Necesita dinero...»

Agachó la cabeza. Parecía arrepentida de lo que había dicho. Se volvió hacia Daragane, que estaba sentado frente a ella en el taburete de terciopelo verde.

«No es a él a quien tendría que ayudar..., es a mí...»

Le dedicó una sonrisa de la que habría podido decirse que era o infeliz o pálida.

«La verdad es que soy una chica honrada... Así que debería ponerlo en guardia contra Gilles...»

Cambió de postura y se sentó en el borde del sofá para tenerlo bien de frente.

«Se ha enterado de cosas suyas... por ese amigo de la policía... Así que intentaba entrar en contacto con usted...»

¿Cansancio? Daragane no entendía ya lo que le decía. ¿Cuáles podían ser esas «cosas suyas» de las que ese individuo se había enterado por la policía? En cualquier caso, las páginas del «dossier» no eran muy concluyentes que digamos. Y no le sonaba casi ninguno de los nombres citados. Salvo los de su madre, Torstel, Bugnand y Perrin de Lara. Pero tan remotamente... Habían contado tan poco en su vida... Unos figurantes que habían desaparecido hacía mucho. Sí, claro, se mencionaba a Annie Astrand. Apenas. Su nombre pasaba totalmente inad-

56

vertido, sumergido entre los demás. Y, encima, con una falta de ortografía: Astran.

«No se preocupe por mí», dijo Daragane. «No le tengo miedo a nadie. Y menos que a nadie a los chantajistas.»

Pareció sorprenderla que usara esa palabra, «chantajista», pero como si se tratase de una evidencia que no se le había ocurrido.

«Siempre me he preguntado si no le había robado la libreta de direcciones...»

Sonreía y Daragane pensó que estaba de broma.

«Gilles me da miedo a veces... Por eso sigo con él... Hace tanto que nos conocemos...»

La voz era cada vez más ronca y Daragane temía que esas confidencias durasen hasta que se hiciera de día. ¿Podría mantener la atención y oírlas hasta el final?

«No se ha ido a Lyon por trabajo, sino a jugar al casino...»

«¿Al casino de Charbonnières?»

La frase se le había venido a la boca enseguida y lo dejaba asombrado esa palabra que tenía olvidada, «Charbonnières», y volvía ahora a surgir del pasado. Cuando iban a jugar al casino de Charbonnières, Paul y los demás salían el viernes a primera hora de la tarde y volvían a París el lunes. Así que eran casi tres días los que pasaba con Chantal en la habitación de la glorieta de Le Graisivaudan.

«Sí, ha ido al casino de Charbonnières. Tiene

allí a un conocido que es crupier... Vuelve siempre del casino de Charbonnières con algo más de dinero del que suele tener.»

«¿Y no lo acompaña?»

«Nunca. Menos al principio, cuando nos conocimos... Me pasaba horas esperándolo en el Círculo Gaillon... Había una sala de espera para las mujeres...»

¿Lo había entendido mal Daragane? «Gaillon» –igual que «Charbonnières»– era un nombre que tiempo atrás le resultaba familiar. Chantal se reunía con él de improviso en la habitación de la glorieta de Le Graisivaudan y le decía: «Paul está en el Círculo Gaillon... Podemos pasar la velada juntos... E incluso la noche...»

¿Así que el Círculo Gaillon seguía existiendo? A menos que las mismas palabras insignificantes que oímos en la juventud regresen, como una cantinela o un balbuceo, muchos años después, al final de la vida.

«Cuando me quedo sola en París me hacen participar en unas fiestas un poco peculiares... Acepto por Gilles... Siempre anda necesitado de dinero... Y ahora va a ser peor, porque estará sin trabajo...»

Pero ¿por qué se veía metido en la intimidad de Gilles Ottolini y de la tal Chantal Grippay? Antes los encuentros nuevos eran con frecuencia bruscos y sinceros: dos personas que se tropiezan por la

58

calle como los autos de choque de su infancia. En este caso todo había ocurrido como quien no quiere la cosa, la pérdida de una libreta de direcciones, unas voces por teléfono, una cita en un café... Sí, todo tenía la liviandad de un sueño. Incluso las páginas del «dossier» le habían dado una sensación rara: por culpa de determinados nombres, sobre todo el de Annie Astrand, y por todas esas palabras amontonadas unas encima de otras en líneas a un solo espacio se veía de pronto en presencia de algunos detalles de su vida, pero reflejados en un espejo deformante, detalles de esos, deshilvanados, que nos persiguen en los días de fiebre.

«Vuelve mañana de Charbonnières... a eso de las doce de la mañana... Lo acosará... Sobre todo no le diga que nos hemos visto.»

Daragane se preguntaba si era sincera y si no iba a poner al tanto a Ottolini de que había estado en su casa aquella noche. A menos que fuera Ottolini quien le hubiera impuesto ese cometido. De todas formas, estaba seguro de poder quitárselos de encima de un día para otro, como había hecho con muchas personas en la vida.

«En resumidas cuentas», dijo con expresión risueña, «son ustedes una pareja de delincuentes.»

Esas palabras parecieron dejarla estupefacta. Daragane se arrepintió en el acto. Ella había doblado la espalda y, por un momento, creyó que se iba a echar a llorar. Se le acercó, pero ella evitaba su mirada.

«Es todo culpa de Gilles... Yo no tengo nada que ver...»

Luego, tras titubear un segundo:

«Tenga cuidado con él... Querrá verlo todos los días... No le dará un momento de tregua... Es un individuo...»

«... ¿pegadizo?»

«Sí. Muy pegadizo.»

Y parecía darle a ese adjetivo un sentido más inquietante que el que de entrada tenía.

«No sé de qué se habrá enterado acerca de usted... A lo mejor de algo que viene en el dossier... No lo he leído... Lo usará para presionarlo...»

Esa palabra no sonaba espontánea cuando la decía. Seguramente era Ottolini quien le había hablado de «presionar».

«Quiere que lo ayude a escribir un libro... Eso es lo que me ha dicho...»

«¿Está segura de que no quiere otra cosa?»

Ella titubeó un instante.

«No.»

«¿Pedirme dinero, a lo mejor?»

«Es posible... Los jugadores siempre necesitan dinero... Sí, claro, le pedirá dinero...»

Habían debido de hablarlo tras la cita en la calle de L'Arcade. Seguramente estaban con el agua al cuello, una expresión que usaba Chantal tiempo atrás, al hablar de Paul. Pero éste siempre tenía la esperanza de salir del paso gracias a sus martingalas.

«Dentro de poco no podrá ni pagar el alquiler de su habitación de la glorieta de Le Graisivaudan...» Sí, seguramente los alquileres habrían subido en cuarenta y cinco años en la glorieta de Le Graisivaudan. Daragane estaba en aquella habitación de tapadillo, gracias a un amigo a quien le había dejado las llaves el casero. En esa habitación había un teléfono con un candado en el disco para que no fuera posible usarlo. Pero pese a todo conseguía marcar algunos números. Dijo:

«Yo también viví en la glorieta de Le Graisivaudan...»

Lo miraba sorprendida, como si estuviera descubriendo que tenían vínculos en común. Daragane estaba a punto de añadir que la chica que iba a veces a estar con él en esa habitación también se llamaba Chantal. Pero ¿para qué? Ella le dijo:

«Entonces a lo mejor es la misma habitación de Gilles... Una habitación abuhardillada..., hay que coger el ascensor y, luego, subir por una escalerita...»

Sí, claro, el ascensor no llegaba al último piso; un pasillo con una hilera de habitaciones, todas con un número a medio borrar en la puerta. La suya era la número 5. Lo recordaba porque Paul intentaba muchas veces explicarle una de sus martingalas «con el cinco neutro».

«Y tenía un amigo que jugaba a las carreras y también en el casino de Charbonnières...»

Esas palabras parecían tranquilizarla y le sonrió

61

apagadamente. Debía de pensar que, con unas cuantas decenas de años de diferencia, eran del mismo mundo. Pero ¿de cuál?

«¿Así que vuelve de una de esas fiestas suyas?»

Se arrepintió en el acto de haberle hecho esa pregunta. Pero, aparentemente, ella se sentía a gusto: «Sí... Es una pareja que organiza fiestas de una clase un poco peculiar en su piso... Gilles trabajó de chófer para ellos una temporada... Me llaman de vez en cuando para que vaya... Es Gilles quien quiere que vaya... Me pagan... No me queda más remedio...»

La escuchaba sin atreverse a interrumpirla. A lo mejor no se lo contaba a él y se había olvidado de su presencia. Debía de ser muy tarde. ¿Las cinco de la mañana? No tardaría en amanecer y las sombras se disiparían. Se encontraría solo en su despacho, tras un mal sueño. No, nunca había perdido la libreta. Ni Gilles Ottolini ni Joséphine Grippay, que quería que la llamasen Chantal, habían existido nunca.

«A usted también le va a resultar ahora muy difícil librarse de Gilles... No lo dejará ni a sol ni a sombra... Es capaz de esperarlo a la puerta de su casa...»

¿Una amenaza o un aviso? En los sueños, pensó Daragane, no sabe uno muy bien a qué carta quedarse. ¿Un sueño? Ya se vería cuando amaneciera. Sin embargo ella, ahí, enfrente de él, no tenía ninguna pinta de ser un fantasma. No habría sabido decir si en los sueños se oían las voces, pero él oía muy bien la voz ronca de Chantal Grippay.

«Tengo que darle un consejo: no vuelva a cogerle el teléfono...»

Se inclinaba hacia él y le hablaba muy bajo, como si Gilles Ottolini estuviera detrás de la puerta. «Va a tener que dejarme mensajes en el móvil... Cuando no esté con él, le llamaré... Lo tendré al tanto de lo que piensa hacer... Así podrá darle esquinazo...»

Desde luego aquella chica era de lo más solícita, pero a Daragane le habría gustado explicarle que ya se las apañaría solo. Se había cruzado en la vida con otros Ottolini. Conocía muchos edificios con dos salidas en París, que usaba para librarse de la gente. Y, para hacer creer que no estaba, con frecuencia no había encendido la luz en casa porque dos de las ventanas daban a la calle.

«Le presté un libro y le dije que lo había escrito Gilles... *El paseante hípico...*»

Se le había olvidado que existía ese libro. Lo había dejado en la carpeta de cartón naranja al sacar las fotocopias.

«No es verdad... Gilles le hace creer a la gente que ha escrito ese libro porque el autor tiene el mismo apellido que él..., aunque no se llama igual de nombre... Y, además, ese individuo está muerto...»

Rebuscaba en la bolsa de plástico que había dejado a su lado, en el sofá. Sacó el vestido de satén negro con dos golondrinas amarillas en que se había fijado Daragane en su habitación de la calle de Charonne.

«Se me han olvidado los zapatos de tacón en casa de esa gente...»

«Conozco ese vestido», dijo Daragane.

«Siempre que voy a fiestas a casa de esa gente quieren que me lo ponga.»

«Es un vestido muy curioso...»

«Lo encontré en el fondo de una alacena en desuso de mi habitación... Lleva una marca detrás.»

Le alargaba el vestido y él leyó en la etiqueta: «Silvy-Rosa. Modas. Calle de Estelle. Marsella».

«A lo mejor lo llevaba en una vida anterior...»

Le había dicho lo mismo la víspera por la tarde en la habitación de la calle de Charonne.

«¿Usted cree?»

«Es una impresión..., por esa etiqueta, que es muy antigua...»

Ella miró a su vez la etiqueta con expresión desconfiada. Luego dejó el vestido a su lado encima del sofá.

«Espere, que ahora vuelvo...»

Daragane salió del despacho para comprobar si se había dejado la luz de la cocina encendida. Tenía una ventana que daba a la calle. Sí, se la había dejado encendida. La apagó y se quedó en la ventana. Un rato antes se había imaginado que Ottolini estaba apostado fuera. Esos pensamientos sólo se tienen a horas avanzadas, cuando uno no ha dormido, pensamientos que tenía hace mucho, de niño, para meterse miedo. Nadie. Pero podía estar escondido detrás de la fuente o, a la derecha, detrás de uno de los árboles de la glorieta. Se quedó mucho rato quieto, muy tieso, con los brazos cruzados. No vio a nadie en la calle. No pasaban coches. Si hubiera abierto la ventana habría oído el murmullo de la fuente y se habría preguntado si no estaba más bien en Roma que en París. Roma, desde donde había recibido hacía mucho una tarjeta postal de Annie Astrand, la única señal de vida que le había dado.

Cuando volvió al despacho, ella estaba echada en el sofá y llevaba puesto ese vestido tan raro de satén negro con dos golondrinas amarillas. Pasó por un momento de confusión. ¿Llevaba ya ese vestido cuando le abrió la puerta? No, claro. La camisa y el pantalón negros estaban, hechos un gurruño, en el suelo, junto a las bailarinas. Tenía los ojos cerrados y respiraba con regularidad. ¿Fingía que estaba durmiendo?

Se había ido a eso de las doce de la mañana y Daragane estaba solo en su despacho, como solía. Ella temía que Gilles Ottolini hubiera regresado ya. Cuando iba al casino de Charbonnières a veces cogía muy temprano el tren para París. Por la ventana, la vio alejarse con la camisa y el pantalón negros. No llevaba la bolsa de plástico. Se la había dejado olvidada encima del sofá, con el vestido. Daragane tardó mucho en dar con la tarjeta de visita que ella le había dado, una tarjeta de papel amarillento. Pero Chantal no contestó al móvil. Ya acabaría ella por llamar cuando se diera cuenta de que se había olvidado el vestido.

Lo sacó de la bolsa y volvió a mirar la etiqueta: «Silvy-Rosa. Modas. Calle de Estelle. Marsella». Le recordaba algo, aunque no conociera la ciudad de Marsella. Ya había leído esa dirección, o había oído ese nombre. De más joven, podía estar pendiente de un enigma así, en apariencia insignificante, durante días, en los que buscaba obstinadamente una respuesta. Incluso si se trataba de un detalle diminuto, notaba una sensación de angustia y de escasez hasta que lo incluía en el conjunto, igual que la pieza extraviada de un puzle. A veces era una frase o un verso, cuyo autor andaba buscando; a veces, sencillamente, un nombre. «Silvy-Rosa. Modas. Calle de Estelle. Marsella». Cerró los ojos e intentó concentrarse. Le cruzó por la mente una palabra que le pareció que iba asociada a esa etiqueta: «La china». Era preciso tener la paciencia necesaria para bucear en aguas profundas y descubrir el nexo entre «Silvy-Rosa» y «La china»... ¿Por el pelo negro y los ojos algo rasgados de la tal Chantal Grippay?

Se sentó a su escritorio. Aquella noche, ella no

se había fijado en las páginas desordenadas y las tachaduras con lápiz azul. Abrió la carpeta de cartón que había dejado cerca del teléfono y cogió el libro que estaba dentro. Empezó a hojear *El paseante hípico*. Se trataba de una reimpresión reciente de un libro cuyo copyright era anterior a la guerra. ¿Cómo podía tener Gilles Ottolini la cara dura o la candidez de pretender que lo había escrito él? Cerró el libro y echó un vistazo a las hojas que tenía delante. La primera vez que las había leído se había saltado frases porque las letras estaban demasiado prietas.

Las palabras le bailaban de nuevo. Estaba claro que había otros detalles referentes a Annie Astrand, pero se sentía demasiado cansado para mirarlos. Lo haría luego, por la tarde, con la cabeza descansada. A menos que decidiera romper esas páginas, una a una. Sí, ya lo pensaría luego.

En el momento de meter el «dossier» en la carpeta de cartón, se le detuvo la vista en la foto del niño, de la que no se acordaba. Leyó, por detrás: «3 fotos de fotomatón. Niño no identificado. Registro y detención Annie Astrand. Puesto fronterizo de Ventimiglia. Lunes 21 de julio de 1952». Sí, era desde luego la ampliación de una foto de fotomatón, como le había parecido en el cuarto de la calle de Charonne.

No podía apartar los ojos de esa foto y se preguntó por qué se le había quedado olvidada entre las hojas del «dossier». ¿Era algo que le resultaba molesto, una pieza de convicción, como se dice en lenguaje jurídico, y que él, Daragane, había querido apartar de la memoria? Notó algo así como un vértigo, un cosquilleo en la raíz del pelo. Aquel niño, que decenas de años colocaban a tanta distancia que lo convertían en un extraño, no le quedaba más remedio que reconocer que era él.

Otro otoño, no el mismo que el del domingo en Le Tremblay, un otoño igual de lejano. Daragane había recibido una carta en la glorieta de Le Graisivaudan. Pasaba por delante de la garita de la portera en el preciso momento en que ella iba a repartir el correo.

«Supongo que es usted el señor Daragane.» Y le alargaba una carta en cuyo sobre aparecía su nombre escrito en tinta azul. Nunca le habían llegado cartas a esas señas. No reconocía la letra, una letra muy grande que cubría todo el sobre: Jean Daragane, Glorieta de Le Graisivaudan, 8, París. No había quedado sitio para el número del distrito. En la solapa del sobre, un nombre y unas señas: A. Astrand, calle de Alfred-Dehondencq, 18, París.

Por unos momentos, ese nombre no le recordó nada. ¿Por esa inicial a secas, «A», que ocultaba el nombre? Más adelante, se dijo que había tenido un presentimiento, puesto que dudaba si abrir la carta.

Anduvo hasta la frontera de Neuilly y Levallois, esa zona en la que derribaron dos o tres años después todos los garajes y las casas bajas para construir la autopista de circunvalación. ASTRAND. ¿Cómo no se había dado cuenta al instante de quién era? Dio media vuelta y entró en un café que había en los bajos de uno de los bloques de edificios. Se sentó, sacó la carta del bolsillo, pidió un zumo de naranja y, si podía ser, un cuchillo. Abrió la carta con el cuchillo porque temía, si lo hacía con las manos, romper las señas que venían por detrás del sobre. No había dentro más que tres fotos de fotomatón. Se reconoció en las tres, de niño. Se acordaba de la tarde en que se las hicieron, en una tienda, pasado el puente de Saint-Michel, enfrente del Palacio de Justicia. Desde aquella época, había pasado muchas veces por delante de esa tienda, que estaba exactamente igual que entonces.

Tendría que encontrar esas tres fotos de fotomatón para compararlas con la ampliación que pertenecía al «dossier» de Ottolini. ¿En la maleta en que había amontonado cartas y papeles que tenían por lo menos cuarenta años y cuya llave afortunadamente había perdido? Inútil. Eran desde luego las mismas fotos. «Niño no identificado. Registro y detención Annie Astrand. Puesto fronterizo de Ventimiglia. Lunes 21 de julio de 1952.» Habían debido de detenerla y registrarla cuando se disponía a cruzar la frontera.

Habría leído su novela *La negrura del verano* y reconocido un episodio de aquel verano en concreto. Si no, ¿por qué iba a escribirle pasados quince años? Pero ¿cómo se había enterado de sus señas provisionales? Tanto más cuanto que pocas veces dormía en la glorieta de Le Graisivaudan. Se pasaba la mayor parte del tiempo en una habitación de la calle de Coustou y en el barrio de la plaza Blanche. No había escrito ese libro sino con la esperanza de que ella diera señales de vida. Escribir un libro era también para él hacer luces o enviar señales de morse a algunas personas de quienes no sabía qué había sido. Bastaba con sembrar sus nombres al azar de las páginas y esperar a que diesen por fin noticias suyas. Pero en el caso de Annie Astrand no había citado su nombre y se había esforzado por embrollar las pistas. Era imposible que se reconociera en ninguno de los personajes. No había entendido nunca eso de introducir en una novela a una persona que hubiese sido importante en la vida de uno. En cuanto se colaba de rondón en la novela igual que se pasa al otro lado de un espejo, se te iba de las manos para siempre. Nunca había existido en la vida real. La habías reducido a la nada... Había que hacer las cosas de forma más sutil. Por ejemplo, en *La negrura del verano*, la única página del libro que podía llamarle la atención a Annie Astrand era la escena en que la mujer y el niño entraban en el fotomatón del bulevar de Le Palais. El

71

niño no entiende por qué lo obliga a entrar en la cabina. Le dice que mire fijamente la pantalla y que no mueva la cabeza. Corre la cortina negra. Él está sentado en el taburete. Lo deslumbra un relámpago y cierra los ojos. Ella vuelve a correr la cortina negra y el niño sale de la cabina. Esperan a que las fotos salgan de la rendija. Y hay que volver a empezar porque el niño ha salido en las fotos con los ojos cerrados. Luego, lo llevó a tomar una granadina al café de al lado. Eso fue lo que ocurrió. Describió la escena con exactitud y sabía que esa parte no encajaba con el resto de la novela. Era un fragmento de realidad que había colado haciendo trampa, uno de esos mensajes personales que se ponen en los anuncios por palabras de los periódicos y que sólo una persona puede entender.

A media tarde, estaba extrañado de que no le hubiera llamado por teléfono Chantal Grippay. Sin embargo, tenía que haberse dado cuenta de que se había olvidado el vestido negro. Marcó el número del móvil, pero no lo cogió nadie. Tras la señal, silencio. Había llegado al borde de un acantilado más allá del cual sólo estaba el vacío. Se preguntó si el número existía aún o si Chantal Grippay había perdido el móvil. O si estaba viva aún.

Seguramente por contagio, le pasó rozando una duda acerca de Gilles Ottolini. Tecleó en el ordenador: «Agencia Sweerts, París». No había ninguna agencia Sweerts en París, ni en el barrio de la estación de Saint-Lazare ni en ningún otro distrito. El supuesto autor de *El paseante hípico* no era sino un empleado fantasma de una agencia imaginaria.

Daragane quiso saber si aparecía un Ottolini en la glorieta de Le Graisivaudan pero, entre los nombres que figuraban en los ocho números de la glorieta, ni un Ottolini. Fuere como fuese, allí estaba el vestido negro, en el respaldo del sofá: la prueba de que no lo había soñado. Tecleó por si acaso «Silvy-Rosa. Modas. Calle de Estelle. Marsella», pero sólo le salió «Arreglos Rose, calle de Le Sauvage, 18, 68100 Mulhouse». Desde hacía unos cuantos años, no usaba ya casi ese ordenador, en el que no llegaban a buen término la mayor parte de las búsquedas que hacía. Las pocas personas con cuyo rastro le habría gustado dar habían conseguido zafarse de la vigilancia de aquel aparato. Se habían escurrido por las mallas de la red porque vivían en otra época y no eran ningunos angelitos. Se acordó de su padre, a quien había conocido apenas y que le decía con voz suave: «Yo desalentaría a diez jueces de instrucción.» Ni rastro de su padre en el ordenador. Ni tampoco de Torstel o de Perrin de Lara cuyos nombres había tecleado la víspera, antes de que llegase Chantal Grippay. En el caso de Perrin de Lara, había ocurrido el fenómeno habitual: aparecían en pantalla montones de Perrin y la noche no bastaba para acabar con toda la lista. Aquellos de quienes le habría gustado saber algo se ocultaban con frecuencia entre una multitud de personas anónimas o tras algún personaje famoso que se apellidaba igual. Y cuando tecleaba una pregunta directa: «¿Vive aún Jacques Perrin de Lara? En caso afirmativo deme su dirección», el ordenador era incapaz de responder y uno notaba cómo circulaban por los múltiples cables que unían el aparato a los enchufes cierta vacilación y cierto apuro. A veces te dejabas llevar por pistas falsas: «Astrand» ofrecía resultados en Suecia y había un grupo de personas con ese apellido en la ciudad de Gotemburgo.

Hacía calor y aquel «verano indio» iba a durar seguramente hasta noviembre. Decidió salir en vez de esperar en su despacho, como solía, la puesta de sol. Dentro de un rato, cuando volviera, intentaría desentrañar con una lupa las fotocopias de las páginas que había leído demasiado deprisa la víspera. Así tenía a lo mejor oportunidad de enterarse de algo acerca de Annie Astrand. Se arrepentía de no haberle hecho esas preguntas cuando volvió a verla, quince años después del episodio del fotomatón, pero se había dado cuenta enseguida de que no le sacaría ninguna respuesta.

En la calle, se sintió más despreocupado que los días anteriores. A lo mejor se equivocaba al bucear en aquel pasado lejano. ¿Para qué? Llevaba muchos años sin acordarse de él, de forma tal que aquella temporada de su vida, al final, la veía como a través de un cristal esmerilado. Se filtraba por él una claridad imprecisa, pero no se distinguían las caras ni tampoco las siluetas. Un cristal liso, algo así como una pantalla protectora. Quizá había llegado, gracias a una amnesia voluntaria, a protegerse definitivamente de aquel pasado. O, si no, sería el tiempo el que había atenuado los colores y las asperezas excesivos.

Allí, en la acera, en la luz del «verano indio» que prestaba a las calles de París una suavidad intemporal, le volvía la impresión de estar haciéndose el muerto. Esa impresión había empezado a notarla el año anterior y se preguntaba si no iría unida a la proximidad de la vejez. Había pasado, de muy joven, por esos momentos de duermevela en que vamos a la deriva –sobre todo tras una noche en blanco–, pero ese día era diferente: la sensación de bajar una cuesta en punto muerto cuando se ha parado el motor. ¿Hasta cuándo?

Se deslizaba, porque lo arrastraban la brisa y su propio peso. Tropezaba con los peatones que iban en dirección contraria y no se habían apresurado lo bastante a quitarse de su paso. Se excusaba. Él no tenía la culpa. Por lo general, estaba más atento cuando iba por la calle, listo para cambiar de acera si veía de lejos a alguien a quien conocía y que podría dirigirle la palabra. Se había dado cuenta de que muy pocas veces nos encontramos con personas con quienes nos habría gustado encontrarnos. ¿Dos o tres veces en la vida?

De buena gana habría ido andando hasta la calle de Charonne para devolverle el vestido a Chantal Grippay, pero corría el riesgo de encontrarse con Gilles Ottolini. ¿Y qué? Así podría tener más clara la existencia incierta de ese hombre. Recordó la frase de Chantal Grippay: «Quieren despedirlo de la agencia Sweerts.» Pero tenía que saber que la agencia Sweerts no existía. ¿Y ese libro, *El paseante hípico,* cuyo copyright era de antes de la guerra? ¿Había llevado Ottolini el manuscrito a la editorial Le Sablier en una vida anterior y con otro nombre de pila? Él, Daragane, se merecía unas cuantas explicaciones, la verdad.

Había llegado a los soportales de Le Palais-Royal. Había caminado sin destino concreto. Pero, al cruzar el puente de Les Arts y el patio del Louvre, seguía un itinerario que le resultaba familiar en la infancia. Iba bordeando esa galería que se llama El Louvre de los Anticuarios y recordó, en el mismo lugar, los escaparates de Navidad de Los Grandes Almacenes del Louvre. Y ahora que se había detenido en medio de la galería de Beaujolais, como si hubiera llegado al final del paseo, surgió otro recuerdo. Llevaba tanto tiempo enterrado y a tal profundidad, resguardado de la luz, que parecía nuevo. Se preguntó si era de verdad un recuerdo o más bien una instantánea que había dejado de pertenecer al pasado tras haberse desprendido de él como un electrón libre: su madre y él –una de las pocas veces en que estaban juntos– entraban en una tienda de libros y de cuadros y su madre hablaba con dos hombres, uno sentado a un escritorio, al fondo del local, y el otro con el codo apoyado en la repisa de mármol de una chimenea. Guy Torstel. Jacques Perrin de Lara. Petrificados en ese lugar hasta el fin de los tiempos. ¿Cómo era posible que aquel domingo de otoño en que volvía de Le Tremblay con Chantal y Paul en el coche de Torstel ese nombre no le hubiera sonado de nada, ni tampoco la tarjeta de visita donde, sin embargo, figuraba la dirección del comercio? En el coche, Torstel aludió incluso a «esa casa de las inmediaciones de París» donde lo había visto de pequeño, la casa de Annie Astrand. Daragane había pasado en ella casi un año. En Saint-Leu-la-Forêt. «Me acuerdo de un niño... El niño era usted, supongo...» Y Daragane le había dado una respuesta seca, como si la cosa no fuera con él. Fue el domingo en que empezó a escribir *La negrura del verano* después de que Torstel lo dejara en la glorieta de Le Graisivaudan. Y ni por un momento tuvo presencia de ánimo para preguntarle si se acordaba de la mujer que vivía en esa casa, en Saint-Leu-la-Forêt, «una tal Annie Astrand». Y si sabía por casualidad qué había sido de ella.

Se sentó en un banco del jardín, al sol, cerca de los soportales de la galería de Beaujolais. Había debido de andar más de una hora sin notar siquiera que hacía más calor que los otros días. Torstel. Perrin de Lara. Pues claro, había coincidido con Perrin de Lara por última vez el mismo año de aquel domingo en Le Tremblay –apenas si había cumplido los veintiuno– y ese encuentro habría caído en la noche fría del olvido –como dice la canción– si no hubiera salido a relucir Annie Astrand. Estaba una noche en un café de la rotonda de Les Champs-Élysées que, en los años siguientes, convirtieron en drugstore. Eran las diez. Un alto antes de reanudar el camino hacia la glorieta de Le Graisivaudan o, más bien, hacia una habitación de la calle de Coustou que tenía alquilada desde hacía tiempo por seiscientos francos mensuales.

Aquella noche tardó en darse cuenta de la presencia de Perrain de Lara frente a él, en la terraza. Solo.

¿Por qué le había dirigido la palabra? Llevaba sin verlo más de diez años y estaba claro que ese hombre no podía reconocerlo. Pero estaba escribiendo su primer libro y Annie Astrand le tenía ocupado el pensamiento de una forma lancinante. A lo mejor Perrin de Lara sabía algo de ella.

Se plantó delante de la mesa y él alzó la cabeza. No, no lo reconocía.

«Jean Daragane.»

«Ah..., Jean...»

Le sonreía con una débil sonrisa, como si sintiera apuro por que alguien se lo encontrara a esas horas, solo y en semejante sitio.

«Ha crecido en todo este tiempo... Siéntese, Jean...»

Le indicaba un asiento enfrente de él. Daragane titubeó durante una fracción de segundo. La puerta acristalada de la terraza estaba medio abierta. Bastaba con que dijera esa frase que le era habitual: «Espere..., ahora vuelvo...» Y luego salir al aire libre, en la oscuridad de la noche, y respirar hondo. Y, sobre todo, evitar volverse para mirar a una sombra, a distancia, que se iba a quedar para toda la eternidad esperando, sola, en la terraza de un café.

Se sentó. A Perrin de Lara se le había abotargado el rostro de estatua romana, y el pelo rizado había tomado un tono grisáceo. Llevaba una chaqueta de hilo azul marino, demasiado fina para la estación. Ante sí, un vaso a medio beber de Martini que Daragane reconoció por el color.

«¿Y su madre? Hace años que no le doy señales de vida. Ya ve..., éramos como hermanos...»

Se encogió de hombros y se le puso una mirada de preocupación.

«He estado mucho tiempo fuera de París...»

Parecía como si quisiera contarle las razones de esa ausencia tan larga. Pero seguía callado.

«¿Y ha vuelto a ver a sus amigos Torstel y Bob Bugnand?»

Perrin de Lara pareció quedarse sorprendido al oír esos dos nombres en boca de Daragane. Sorprendido y desconfiado.

«Menuda memoria tiene usted... ¿Se acuerda de esos dos?»

Miraba fijamente a Daragane y esa mirada lo hacía sentirse violento.

«No..., he dejado de verlos... Hay que ver qué memoria tienen los niños... ¿Y usted qué se cuenta de nuevo?»

Daragane notó que afloraba algo de amargura en esa pregunta. Pero quizá estaba equivocado o a lo mejor en Perrin de Lara era sencillamente el efecto de un Martini que se toma uno a solas, a las diez de la noche, en otoño, en la terraza de un café.

«Estoy intentando escribir un libro...»

Se preguntó por qué le había hecho esa confesión.

«Ah, ¿como en los tiempos en que le tenía envidia a Minou Drouet?»

A Daragane se le había olvidado ese nombre. Sí, claro, era el de la niña de su edad que había publicado en aquellos tiempos la «colección» de poemas *Árbol, amigo mío.*

«La literatura es muy difícil... Supongo que ya le habrá dado tiempo a enterarse...»

Perrin de Lara había adoptado un tono sentencioso que extrañó a Daragane. Lo poco que sabía de él y el recuerdo de infancia que de él le quedaba lo habrían movido a pensar que era más bien un hombre frívolo. Una silueta que apoya el codo en la repisa de mármol de las chimeneas. ¿Habría pertenecido también, igual que su madre y que Torstel, e incluso quizá que Bob Bugnand, al Club de las Crisálidas?

Acabó por decirle:

«Así que, tras esa ausencia tan larga, ¿ha vuelto definitivamente a París?»

El otro se encogió de hombros y le echó a Daragane una mirada altanera, como si éste le hubiera faltado al respeto.

«No sé qué entiende por "definitivamente".»

Daragane tampoco lo sabía. Lo había dicho sencillamente para tener un tema de conversación. Y el individuo aquel se mosqueaba... Le entraban ganas de levantarse y de soltarle: «Pues nada, buena suerte, caballero...» y, antes de salir por la puerta acristalada de la terraza, le sonreiría y le diría adiós con la mano, como en el andén de una estación. Se contuvo. Había que tener paciencia. A lo mejor sabía algo de Annie Astrand.

«Me daba usted consejos de lectura... ¿Se acuerda?»

Se esforzaba por poner voz emocionada. Y era verdad, a fin de cuentas, que ese fantasma le había regalado cuando era pequeño las *Fábulas* de La Fontaine de la colección con tapas verde claro de Classiques Hachette. Y, poco después, ese mismo hombre le aconsejó que leyera *Fabrizio Lupo* cuando fuera mayor.

«Desde luego tiene usted muchísima memoria...»

El tono era más suave y Perrin de Lara le sonreía. Pero era una sonrisa algo crispada. Se inclinó hacia Daragane.

«Voy a decirle una cosa... No reconozco ya el París en que viví... Me ha bastado con pasar fuera cinco años... Me da la impresión de que estoy en una ciudad del extranjero...»

Apretaba las mandíbulas como para impedir que le salieran las palabras de la boca en un flujo desordenado. Seguramente llevaba mucho sin hablar con nadie.

«Las personas han dejado de contestar al teléfono... No sé si todavía están vivas, si se han olvidado de mí o si no tienen ya tiempo de cogerlo...»

La sonrisa se había ensanchado y la mirada era más afectuosa. A lo mejor quería atenuar la tristeza de sus palabras, una tristeza que encajaba muy bien con la terraza desierta donde las luces dejaban zonas de penumbra.

Pareció arrepentirse de haber hecho esas confidencias. Enderezó el torso y volvió la cabeza hacia la puerta acristalada de la terraza. Pese al rostro abotargado y los rizos grises, que le daban ahora a su pelo apariencia de peluca, seguía con aquella inmovilidad de estatua que tenía muchas veces diez años atrás, una de las escasas imágenes de Jacques Perrin de Lara que recordaba Daragane. Y también tenía costumbre de ponerse de perfil en muchas ocasiones para hablar con sus interlocutores, como en ese momento. Habían debido de decirle tiempo atrás que tenía un perfil bastante bonito, pero todos los que se lo habían dicho estaban muertos ya.

«¿Vive en el barrio?», le preguntó Daragane.
Volvía a inclinarse hacia él y dudaba en si responder o no.

«No muy lejos..., en un hotelito de barrio de Les Ternes...»

«Debería darme sus señas...»

«¿De verdad las quiere?»

«Sí... Me gustaría volver a verlo.»

Ahora iba a llegar al meollo del asunto. Y notaba cierta aprensión. Carraspeó.

«Querría pedirle una información...»

Lo decía con voz inexpresiva. Se fijó en que Perrin de Lara ponía cara de sorpresa.

«Es acerca de alguien a quien a lo mejor conoció... Annie Astrand...»

Había dicho el nombre bastante alto y articulando mucho las sílabas, como cuando, por teléfono, las interferencias están a punto de sofocarnos la voz.

«Repítame el nombre...»

«ANNIE ASTRAND.»

Lo dijo casi a voces y le parecía que había soltado un grito de socorro.

«Viví mucho tiempo con ella en una casa de Saint-Leu-la-Forêt...»

Las palabras que acababa de pronunciar eran muy claras y tenían una sonoridad metálica en el silencio de aquella terraza, pero pensó que no valdría para nada.

84

«Sí..., ya veo... Fuimos a verlos una vez allí con su madre...»

Calló y no diría nada más al respecto. Sólo se trataba de un recuerdo lejano que no iba con él. No hay que contar nunca con nadie para que responda a las preguntas que hacemos.

Sin embargo, añadió:

«Una mujer muy joven..., del tipo bailarina de cabaret... Bob Bugnand y Torstel la conocían mejor que yo... y su madre también... Creo que había estado en la cárcel... ¿Y por qué tiene interés en esa mujer?»

«Fue muy importante para mí.»

«Ah, ya... Pues siento no poder darle ninguna información... Había oído a su madre y a Bob Bugnand hablar de ella por encima...»

Había adoptado un tono mundano. Daragane se preguntó si no estaría imitando a alguien que lo hubiera impresionado en su juventud y cuyos gestos y entonaciones se hubiera entrenado en copiar delante de un espejo, alguien que hubiese representado para él, un muchacho campechano y algo ingenuo, toda la elegancia parisina.

«Lo único que puedo decirle es que estuvo en la cárcel..., la verdad es que no sé nada más de esa mujer...»

Habían apagado los neones de la terraza para que los dos últimos clientes se enterasen de que el café iba a cerrar. Perrin de Lara estaba silencioso, en la penumbra. Daragane se acordó de aquella sala del cine de Montparnasse donde había entrado la otra noche para resguardarse de la lluvia. No había calefacción, y los escasos espectadores no se habían quitado el abrigo. Daragane cerraba los ojos muchas veces en el cine. Las voces y la música de una película le resultaban más sugestivas que la imagen. Le volvía a la mente una frase de la película de aquella noche, dicha con voz sorda antes de que volvieran a encenderse las luces, y tuvo la ilusión de que era él quien la pronunciaba: «Para llegar aquí qué camino tan curioso he tenido que tomar.»

Alguien le estaba dando golpecitos en el hombro: «Caballeros, vamos a cerrar... Es hora de irse...»

Habían cruzado la avenida, e iban andando por los jardines, por la zona donde colocan de día los puestos del mercado de sellos. Daragane no sabía si despedirse de Perrin de Lara. Éste se detuvo, como si le hubiera cruzado de pronto por la cabeza una idea:

«Ni siquiera sabría decirle por qué estuvo en la cárcel...»

Le tendió la mano y Daragane se la estrechó.

«Hasta muy pronto, espero... O a lo mejor hasta dentro de diez años...»

Daragane no sabía qué contestarle y seguía allí, en la acera, siguiéndolo con la mirada. El otro se alejaba, con aquella chaqueta demasiado fina. Caminaba bajo los árboles a paso muy lento y, en el momento en que iba a cruzar la avenida de Marigny estuvo a punto de perder el equilibrio porque le dieron un empujón por la espalda una ráfaga de viento y un brazado de hojas secas.

Al volver a casa escuchó el contestador para saber si habían dejado un mensaje Chantal Grippay o Gilles Ottolini. Nada. El vestido negro de las golondrinas seguía en el respaldo del sofá y la carpeta de cartón naranja en el mismo sitio, encima de su escritorio, junto al teléfono. Sacó las fotocopias.

Poca cosa, a primera vista, sobre Annie Astrand. Aunque sí había algo. Se mencionaban las señas de la casa de Saint-Leu-la-Forêt: «calle de L'Ermitage, 15», y luego había un comentario que indicaba que habían llevado a cabo un registro. Había sucedido el mismo año en que Annie lo llevó al fotomatón y en que la registraron en el puesto fronterizo de Ventimiglia. Se citaba a su hermano Pierre (calle de Laferrière, 6, París IX) y a Roger Vincent (calle de Nicolas-Chuquet, 12, París XVII), de quien se preguntaban si no sería su «protector».

Se especificaba incluso que la casa de Saint-Leu-la-Forêt estaba a nombre de Roger Vincent.

También estaba la copia de un informe muy anterior de la brigada de antiproxenetismo, investigaciones e informes, la Dirección de la Policía Judicial, referida a la tal Annie Astrand, con domicilio en un hotel del 46 de la calle de Notre-Dame-de-Lorette, y en el que ponía: «Conocida en l'Étoile-Kléber.»[1] Pero todo aquello era confuso, como si alguien –¿Ottolini?–, al copiar deprisa y corriendo documentos de archivo, se hubiera saltado palabras, empalmando unas cuantas frases escogidas al azar y sin relación entre sí.

¿Resultaba realmente útil volver a bucear en aquella masa espesa y viscosa? A medida que seguía leyendo, Daragane notaba una impresión semejante a la de la víspera, cuando intentaba descifrar esas mismas páginas: frases oídas en una duermevela; y las pocas palabras que se recuerdan por la mañana carecen de sentido. Todo ello tachonado de direcciones concretas: calle de L'Ermitage, 15; calle de Nicolas-Chuquet, 12; calle de Notre-Dame-de-Lorette, 46; seguramente para hallar puntos de referencia a los que aferrarse en esas arenas movedizas.

Estaba seguro de que en los días venideros rompería esas páginas y sentiría alivio. Hasta entonces, las dejaría encima del escritorio. A lo mejor en una última lectura descubriría algún indicio en-

1. Burdel sito en la calle de Villejuif, en el distrito XVII de París. *(N. de la T.)*

terrado que lo pusiera sobre la pista de Annie Astrand.

Tendría que encontrar el sobre que le había enviado tiempo atrás con las fotos de fotomatón. El día en que lo recibió miró la guía de calles. En el 18 de la calle de Alfred-Dehodencq no había ninguna Annie Astrand. Y como no le había facilitado el número de teléfono, lo único que podía hacer era escribirle... Pero ¿le contestaría?

Esa noche, en su despacho, todo aquello le parecía muy lejano... En esos diez años habían cambiado de siglo... Y, sin embargo, al volver la esquina de una calle, al cruzarse con un rostro –e incluso bastaba muchas veces con una palabra pescada en una conversación o con una nota de música–, el nombre, Annie Astrand, le volvía a la memoria. Pero le pasaba cada vez más de tarde en tarde y era algo cada vez más breve, una señal luminosa que se apagaba en el acto.

No sabía si mandarle un telegrama. Calle de Alfred-Dehodencq, 18. FAVOR DAR NÚMERO TELÉFONO. JEAN. O una nota por correo neumático, como se hacía aún por entonces. Y luego decidió ir a esa dirección, él, a quien no le gustaban las visitas de improviso ni las personas que se dirigen a uno sin miramientos por la calle.

Era otoño, el día de Todos los Santos. Hacía sol aquella tarde. Por primera vez en la vida, las palabras «Todos los Santos» no le causaban una sensación de tristeza. En la plaza Blanche había cogido el metro. Había que hacer dos transbordos. En Étoile y en Trocadéro. Los domingos y los días festivos los convoyes tardaban mucho en llegar, y se decía que no habría podido volver a ver a Annie un día que no fuera festivo. Contó los años: quince desde la tarde en que lo llevó al fotomatón. Recordaba una mañana en la estación de Lyon. Se subieron los dos al tren, un tren llenísimo, el del primer día de vacaciones.

Mientras esperaba el metro en la estación de Trocadéro, le entró una duda: Annie a lo mejor no estaba en París ese día. Tras quince años, ya no la iba a reconocer.

La calle terminaba en una verja. Detrás, los jardines de Le Ranelagh. Ni un coche junto a las aceras. Silencio. Hubiera podido creerse que nadie vivía allí. El 18 era el último número, al fondo del todo, antes de llegar a la verja y a los árboles. Un edificio blanco, o más bien una casa grande de dos pisos. En la puerta de entrada, un interfono. Y un nombre junto al único botón de ese interfono: VINCENT.

El edificio le pareció abandonado, lo mismo que la calle. Apretó el botón. Oyó, llegado del interior, un chisporroteo y algo que podría haber sido el ruido del viento en las hojas. Se inclinó y dijo dos veces, articulando bien las silabas: JEAN DARAGANE. Una voz de mujer que el ruido del viento tapaba a medias le contestó: «Primer piso.»

La puerta acristalada se abrió despacio y se encontró en un portal de paredes blancas que iluminaba un aplique. No cogió el ascensor y subió por las escaleras, que hacían un recodo. Al llegar al rellano, ella estaba en la rendija de la puerta entornada, con la cara oculta a medias. Luego tiró de la hoja de la puerta y lo miró fijamente como si le costara reconocerlo.

«Entra, Jean, pequeño...»

Una voz tímida, pero algo ronca, la misma de hacía quince años. La cara tampoco había cambiado, ni la mirada. Llevaba el pelo menos corto. Le llegaba a los hombros. ¿Qué edad tenía ahora? ¿Treinta y seis años? Desde el vestíbulo lo seguía mirando con curiosidad. Él buscaba algo que decirle.

92

«No sabía si había que apretar el botón donde ponía "Vincent"...»

«Ahora me llamo Vincent... Fíjate, hasta he cambiado de nombre... Agnès Vincent...»

Lo conducía a la habitación de al lado, que debía de hacer las veces de salón, pero que no tenía más muebles que un sofá y, junto a él, una lámpara de pie. Un ventanal a través del cual vio árboles que no habían perdido las hojas. Aún era de día. Reflejos de sol en el parquet y en las paredes.

«Siéntate, Jean, pequeño...»

Ella se acomodó en la otra punta del sofá, como para observarlo mejor.

«A lo mejor te acuerdas de Roger Vincent.»

En cuanto pronunció ese nombre, él recordó, efectivamente, un coche americano descapotable aparcado delante de la casa de Saint-Leu-la-Forêt al volante del cual había un hombre a quien, la primera vez, tomó también por americano porque era muy alto y tenía un leve acento al hablar.

«Me casé hace unos años con Roger Vincent...»

Lo miraba y tenía una sonrisa de apuro. ¿Para que le perdonase esa boda?

«Cada vez pasa menos tiempo en París... Creo que le gustaría volver a verte... Lo llamé por teléfono el otro día y le dije que habías escrito un libro...»

Una tarde, en Saint-Leu-la-Forêt, Roger Vincent había ido a buscarlo a la salida del colegio en su coche americano descapotable. Se iba deslizando por la calle de L'Ermitage sin que se oyese el ruido del motor.

«Todavía no he leído tu libro hasta el final... Me encontré enseguida con la parte del fotomatón... Sabes, no leo nunca novelas...»

Parecía estarse disculpando, como hacía un rato cuando le comunicó su boda con Roger Vincent. Pero la verdad era que no merecía la pena que leyese el libro «hasta el final» ahora que estaban sentados los dos en el sofá.

«Has debido de preguntarte cómo pude enterarme de tus señas... Me encontré con alguien que te llevó en coche a tu casa el año pasado...»

Fruncía el entrecejo y parecía estar buscando un nombre. Pero Daragane ya sabía quién era:

«¿Guy Torstel?»

«Sí, Guy Torstel...»

¿Por qué hay personas cuya existencia no sospechábamos, con quienes nos cruzamos una vez y a quienes no volveremos a ver y que desempeñan en nuestra vida, entre bastidores, un papel importante? Gracias a ese individuo, había vuelto a encontrar a Annie. Le habría gustado darle las gracias al tal Torstel.

«Me había olvidado por completo de ese hombre... Debe de vivir en el barrio... Se me acercó por la calle... Me dijo que había estado en la casa de Saint-Leu-la-Forêt hacía quince años...»

Seguramente había sido el encuentro con Torstel el otoño anterior en el hipódromo lo que le había refrescado a éste la memoria. Torstel había mencionado la casa de Saint-Leu-la-Forêt. Él, Daragane, cuando Torstel le dijo: «No recuerdo ya cuál era aquel sitio en los alrededores de París», y también: «El niño era usted, supongo», no había querido contestar. Hacía mucho que no se acordaba ya de Annie ni de Saint-Leu-la-Forêt. Sin embargo, aquel encuentro le reavivó de repente unos recuerdos que tenía buen cuidado, sin ser consciente de ello, de no despertar. Y resulta que se despertaron en un santiamén. Qué tenaces eran aquellos recuerdos. Esa misma noche había empezado a escribir su libro.

«Me dijo que se había encontrado contigo en un hipódromo...»

Sonreía, como si se tratase de una broma.

«Espero que no seas jugador.»

«No, no, qué va.»

¿Jugador, él? Nunca había entendido por qué todas esas personas, en los casinos, se pasaban tanto tiempo alrededor de las mesas, silenciosas, inmóviles, con esas caras de muertos vivientes. Y siempre que Paul le hablaba de martingalas, le costaba no empezar a pensar en otra cosa.

«Los jugadores siempre acaban muy mal, Jean, pequeño.»

A lo mejor tenía buenos motivos para saberlo. Con frecuencia, volvía muy tarde a la casa de Saint-

Leu-la-Forêt, y a él, a Daragane, le había sucedido que no podía dormirse antes de que ella regresara. Qué alivio oír el ruido de los neumáticos en la grava y el motor, que sabes que se va a parar. Y los pasos por el pasillo... ¿Qué hacía en París hasta las dos de la mañana? A lo mejor estaba jugando. Después de todos aquellos años, y ahora que ya no era un niño, le habría gustado mucho preguntárselo.

«No entendí muy bien a qué se dedica el tal señor Torstel... Creo que es anticuario en la plaza de Le Palais-Royal...»

Daba la impresión de que ella no sabía muy bien de qué hablar. A Daragane le habría gustado que se sintiera a gusto. Debía de notar lo mismo que él, algo así como la presencia de una sombra entre los dos que ninguno podía mencionar.

«¿Así que ahora eres escritor?»

Le sonreía, y esa sonrisa a él le parecía irónica. Escritor. ¿Por qué no confesarle que había escrito *La negrura del verano* como quien escribe un cartel de «Se busca»? Con algo de suerte ese libro le llamaría la atención y daría señales de vida. Nada más.

La luz iba bajando, pero ella no encendía la lámpara de pie que tenía al lado.

«Debería haberte dicho algo antes, pero he tenido una vida un poco movida...»

Acababa de emplear un pretérito perfecto, como si su vida estuviera ya acabada.

«No me extrañó que te hubieras convertido en

escritor. De pequeño, en Saint-Leu-la-Forêt, leías mucho...»

Daragane habría preferido que le hablase de su propia vida, pero aparentemente ella no quería hacerlo. Estaba en el sofá de perfil. Una imagen que seguía siendo muy nítida pese a todos aquellos años perdidos le volvió a la memoria. Una tarde, Annie, en esa misma postura, con el torso erguido, de perfil, sentada al volante de su coche, y él, un niño, a su lado. El coche estaba aparcado delante de la portalada de la casa de Saint-Leu-la-Forêt. Se había fijado en una lágrima, apenas visible, que bajaba por la mejilla derecha de Annie. Había hecho un gesto brusco con el codo para secársela. Luego, había puesto el motor en marcha como si no pasase nada.

«El año pasado», dijo Daragane, «me encontré con alguien que te conoció... en la época de Saint-Leu-la-Forêt...»

Annie se volvió hacia él y le lanzó una ojeada inquieta.

«¿Quién?»

«Un tal Jacques Perrin de Lara.»

«No, no veo quién puede ser..., me crucé con tanta gente en los tiempos de Saint-Leu-la-Forêt...»

«¿Y Bob Bugnand tampoco te suena?»

«No. En absoluto.»

Se le había acercado y le estaba acariciando la frente.

97

«¿Qué pasa por esa cabeza, Jean, pequeño? ¿Quieres someterme a un interrogatorio?» Lo miraba de frente, a los ojos. Ninguna amenaza en esa mirada. Sólo cierta intranquilidad. Volvía a acariciarle la frente. «¿Sabes...? No tengo memoria.» Recordó las palabras de Perrin de Lara: «Lo único que puedo decirle es que estuvo en la cárcel.» Si le repetía esas palabras, ella daría muestras de la mayor sorpresa. Se encogería de hombros y le contestaría: «Debe de confundirme con otra», o bien: «¿Y tú lo creíste, Jean, pequeño?» Y a lo mejor era sincera. Acabamos por olvidarnos de los detalles de nuestra vida que nos resultan molestos o demasiado dolorosos. Basta con hacerse el muerto y quedarse flotando suavemente en la superficie de las aguas profundas, con los ojos cerrados. No, no siempre se trata de un olvido voluntario, le había explicado un médico con el que había trabado conversación en el café, en los bajos de los bloques de edificios de la glorieta de Le Graisivaudan. Por cierto que el hombre aquel le había regalado un librito que había publicado en Les Presses Universitaires, *El olvido*.

«¿Te gustaría que te explicase por qué te llevé al fotomatón a hacerte fotos?»

Daragane se daba cuenta de que le costaba sacar a relucir ese asunto. Pero la tarde estaba cayendo y, en el salón, la penumbra podía facilitar las confidencias.

98

«Es muy sencillo... En ausencia de tus padres, quería que vinieras conmigo a Italia..., pero para eso necesitabas un pasaporte...»

En la maleta amarilla de cartón que paseaba de habitación en habitación desde hacía unos años y donde había cuadernos de clase, boletines de notas, tarjetas postales que había recibido de pequeño y los libros que leía por entonces: *Árbol, amigo mío, El carguero del misterio, El caballo sin cabeza, Las mil y una noches,* a lo mejor había un pasaporte viejo a nombre suyo, con la foto de fotomatón, uno de aquellos pasaportes azul marino. Pero nunca abría esa maleta. Estaba cerrada con llave y había perdido la llave. Igual que el pasaporte, seguramente.

«Y luego no pude llevarte a Italia... Tuve que quedarme en Francia... Pasamos unos cuantos días en la Costa Azul... Y después volviste a tu casa.»

Su padre fue a buscarlo a una casa vacía y cogieron el tren para París. ¿Qué quería decir Annie exactamente con eso de «a tu casa»? Por mucho que rebuscaba en la memoria, no tenía el menor recuerdo de eso que la lengua común denomina «la casa» de uno. El tren llegó por la mañana muy temprano a la estación de Lyon. Y luego, largos, interminables años de internado.

«Cuando leí esa parte de tu libro, busqué en mis papeles y encontré las fotos de fotomatón...»

Daragane iba a tener que esperar más de cuarenta años para enterarse de otro detalle de esa aventura: las fotos de fotomatón de un «niño no identificado» requisadas durante un registro en el puesto fronterizo de Ventimiglia. «Lo único que sé de esa mujer», había dicho Perrin de Lara, «es que estuvo en la cárcel.» Así que seguramente le devolvieron las fotos y otros objetos del registro al salir de la cárcel. Pero en ese momento, en ese sofá, a su lado, Daragane no sabía aún ese detalle. Nos enteramos con frecuencia demasiado tarde para mencionárselo, de algún episodio de la vida de una persona que ésta nos ha ocultado. ¿Nos lo ha ocultado de verdad? Se le ha olvidado o, más bien, con el paso del tiempo, ya no piensa en él. O, sencillamente, no da con las palabras.

«Una lástima que no pudiéramos ir a Italia», dijo Daragane sonriendo de oreja a oreja.

Notó que ella quería hacerle una confidencia. Pero sacudió levemente la cabeza como si apartase malos pensamientos, o malos recuerdos.

«¿Así que vives en la glorieta de Le Graisivaudan?»

«En realidad, ya no. He encontrado una habitación de alquiler en otro barrio.»

Se había quedado con la llave de la habitación de la glorieta de Le Graisivaudan cuyo dueño estaba fuera de París. Así que iba a veces de tapadillo. La perspectiva de poder refugiarse en dos sitios diferentes lo tranquilizaba.

«Sí, una habitación por la zona de la plaza Blanche...»

«¿En Blanche?»

Esa palabra parecía evocarle un paisaje familiar.

«¿Me llevarás un día a tu habitación?»

Era casi de noche y ella encendió la lámpara de pie. Estaban ambos en un halo de luz, y el salón quedaba en la oscuridad.

«Conocí bien el barrio de la plaza Blanche... ¿Te acuerdas de mi hermano Pierre?... Tenía un garaje allí.»

Un joven moreno. En Saint-Leu-la-Forêt dormía a veces en el cuartito de la izquierda, al fondo del pasillo, ese cuya ventana daba al patio y al pozo. Daragane recordaba su cazadora forrada de piel y su coche, un cuatro-cuatro. Un domingo, el hermano de Annie en cuestión –con todo el tiempo que había pasado se le había olvidado el nombre– lo había llevado al circo Médrano. Luego volvieron en el cuatro-cuatro a Saint-Leu-la-Forêt.

«Desde que vivo aquí no veo a Pierre...»

«Un lugar curioso», dijo Daragane.

Volvía la cabeza hacia el ventanal, una gran pantalla negra tras la que ya no se divisaban las hojas de los árboles.

«Aquí estamos en el fin del mundo, pequeño. ¿No te parece?»

Antes lo había sorprendido el silencio de la calle y la verja, al fondo, que dejaba esa calle sin salida. Al caer la noche, era posible imaginar que el edificio estaba en la linde de un bosque.

«Es Roger Vincent quien tiene alquilada esta casa desde la guerra... Estaba bajo administración judicial... Era de unas personas que habían tenido que irse de Francia... ¿Sabes? Con Roger Vincent las cosas son siempre un poco complicadas...»

Lo llamaba «Roger Vincent» y nunca «Roger» a secas. También él, de pequeño, lo saludaba con un «Hola, Roger Vincent».

«No voy a poder seguir aquí... Van a alquilar la casa a una embajada, o a derribarla... A veces, de noche, me da miedo estar aquí sola... En la planta baja y en el segundo piso no vive nadie... Y Roger Vincent casi nunca está.»

Prefería hablarle del presente, y Daragane lo entendía muy bien. Se preguntaba si esa mujer era la misma que había conocido de niño en Saint-Leu-la-Forêt. Y él ¿quién era? Cuarenta años después, cuando le cayera en las manos la ampliación de la foto de fotomatón, ni siquiera sabría ya que ese niño era él.

Luego ella quiso llevárselo a cenar muy cerca de su casa y acabaron en un bar de la calzada de La Muette. Se sentaron al fondo del todo de la sala, frente por frente.

«Me acuerdo de que a veces íbamos los dos a comer de restaurante en Saint-Leu-la-Forêt», le dijo Daragane.

«¿Estás seguro?»

«El restaurante se llamaba Le Chalet de l'Ermitage.»

Ese nombre le había llamado la atención, de pequeño, porque era el mismo que el de la calle.

Ella se encogía de hombros.

«Me extraña... Nunca habría llevado a un niño al restaurante...»

Lo había dicho con un tono severo que sorprendió a Daragane.

«¿Seguiste viviendo mucho tiempo en la casa de Saint-Leu-la-Forêt?»

«No. Roger Vincent la vendió... Esa casa era de Roger Vincent, ¿sabes?»

Siempre había creído que la casa era de Annie Astrand. Por entonces le parecía que ese nombre y ese apellido iban juntos: Anniastrand.

«Estuve un año allí, ¿no?»

Había hecho la pregunta con la boca pequeña, como si temiera no recibir respuesta.

«Sí..., un año... Ya no me acuerdo... Tu madre quería que respirases el aire del campo... A mí me daba la impresión de que quería librarse de ti...»

«¿Cómo la conociste?»

«Ah, por unos amigos... Veía a tanta gente por entonces...»

Daragane se dio cuenta de que no iba a decirle gran cosa acerca de aquella temporada en Saint-Leu-la-Forêt. Tendría que conformarse con sus pro-

103

pios recuerdos, recuerdos escasos y pobres de cuya exactitud no tenía ya siquiera seguridad, puesto que ella acababa de decirle que nunca habría llevado a un niño al restaurante.

«Discúlpame, Jean, pequeño... Casi nunca pienso en el pasado...»

Titubeó y luego dijo:

«En aquella época, pasé por momentos difíciles... No sé si te acuerdas de Colette.»

Ese nombre despertó en él una reminiscencia muy vaga, tan inaprensible como un reflejo que pasa a demasiada velocidad por una pared.

«Colette... Colette Laurent... Había un retrato suyo en mi cuarto en Saint-Leu-la-Forêt... Había posado para pintores... Era una amiga de adolescencia...»

Se acordaba muy bien del cuadro, entre las dos ventanas. Una joven acodada en una mesa con la barbilla en la palma de la mano.

«La asesinaron en un hotel de París..., nunca se supo quién fue... Venía mucho a Saint-Leu-la-Forêt...»

Cuando Annie regresaba de París, a eso de las dos de la mañana, Daragane había oído en varias ocasiones, en el pasillo, carcajadas. Eso quería decir que no estaba sola. Luego, la puerta del dormitorio se cerraba y le llegaban murmullos a través de los tabiques. Una mañana, llevaron a la tal Colette Laurent a París en el coche de Annie. Iba sentada delante, al lado de Annie, y él, solo, en el asiento de atrás. Pasearon con ella por los jardines de Les Champs-Élysées, donde está el mercado de sellos. Se detuvieron en uno de los puestos y Colette Laurent le regaló una bolsita de sellos, una serie de colores diferentes con la efigie del rey de Egipto. A partir de ese día empezó a coleccionar sellos. El álbum donde los iba colocando en fila según iban llegando, detrás de unas tiras de papel transparente, ese álbum a lo mejor estaba guardado en la maleta de cartón. Llevaba diez años sin abrir esa maleta. No era capaz de separarse de ella, pero pese a todo era un alivio haber perdido la llave.

Otro día, fueron en compañía de Colette Laurent a un pueblo, del otro lado del bosque de Montmorency. Annie aparcó el coche delante de una especie de castillo pequeño y le explicó que era el internado donde Colette Laurent y ella se habían conocido. Visitaron con él el internado, les hacía de guía la directora. Las aulas y los dormitorios estaban vacíos.

«¿Así que no te acuerdas de Colette?»

«Sí, claro que sí, dijo Daragane. Os conocisteis en el internado.»

Ella lo miraba sorprendida.

«¿Cómo lo sabes?»

«Una tarde me llevasteis a visitar vuestro antiguo internado.»

«¿Estás seguro? No me acuerdo de nada de eso.»

«Estaba del otro lado de bosque de Montmorency.»

«Nunca te he llevado allí con Colette...»

No quiso llevarle la contraria A lo mejor encontraba explicaciones en el libro que le había dedicado el médico, ese librito con tapas blancas que trataba del olvido.

Iban caminando por el paseo, siguiendo los jardines de Le Ranelagh. A causa de la oscuridad de la noche, de los árboles y de la presencia de Annie, que lo había cogido del brazo, a Daragane le daba la impresión de estar paseando con ella, como lo hacía tiempo atrás, por el bosque de Montmorency. Detenía el coche en una encrucijada del bosque e iban caminando hasta el estanque de Fossombrone. Se acordaba de los nombres: encrucijada de Le Chêne aux Mouches. Encrucijada de La Pointe. Uno de esos nombres le daba miedo: cruz del príncipe de Condé. En la pequeña escuela donde lo había matriculado Annie y a la que iba con frecuencia a recogerlo a las cuatro y media, la maestra les había hablado de ese príncipe, a quien encontraron ahorcado en su habitación del palacio de Saint-Leu, sin que nunca llegaran a saberse las circunstancias exactas de su muerte. La maestra lo llamaba «el último de los Condés».

«¿En qué piensas, Jean, pequeño?»

Le apoyaba la cabeza en el hombro y Daragane

sintió ganas de decirle que pensaba en «el último de los Condés», en la escuela y en los paseos por el bosque. Pero le daba miedo que ella le dijera: «No... Te equivocas... No recuerdo nada de eso.» A él también, en aquellos últimos quince años, había acabado por olvidársele todo.

«Deberías llevarme a que viera tu habitación... Me gustaría mucho volver a estar contigo en el barrio de la plaza Blanche...»

A lo mejor se acordaba de que habían pasado unos cuantos días en ese barrio antes de irse en tren al sur. Pero tampoco se atrevía a preguntarle por eso.

«Te parecerá una habitación demasiado pequeña...», dijo Daragane. «Y, además, no hay calefacción...»

«¿Qué más da? No te imaginas el frío que pasábamos en invierno, cuando éramos muy pequeños, en ese barrio, mi hermano Pierre y yo.»

Y ese recuerdo al menos no le resultaba doloroso, ya que se echó a reír.

Habían llegado al final del paseo, muy cerca de la puerta de La Muette. Daragane se preguntó si aquel olor a otoño, a hojas y a tierra mojada no procedía del bosque de Boulogne. O incluso, cruzando el tiempo, del bosque de Montmorency.

Habían dado un rodeo para volver a eso que ella llamaba, con un toque de ironía, su «domicilio».

Según iban andando los dos, él notaba que lo invadía una dulce amnesia. Acababa por preguntarse desde cuándo se hallaba en compañía de esa desconocida. A lo mejor acababa de encontrársela en el paseo del jardín o delante de uno de esos edificios de fachadas ciegas. Y si a veces se fijaba en una luz, era siempre en una ventana del último piso, como si alguien se hubiera marchado hacía mucho olvidándose de apagar una lámpara.

Ella le apretaba el brazo y hubiérase dicho que quería asegurarse de su presencia.

«Siempre paso miedo cuando vuelvo a pie a casa a estas horas... No sé exactamente dónde estoy...»

Y era cierto que había que cruzar por una tierra de nadie o más bien por una zona neutra en la que uno estaba aislado de todo.

«Suponte que necesites comprar un paquete de cigarrillos o encontrar una farmacia de guardia por la noche..., por aquí es muy difícil...»

Otra vez se echó a reír. Su risa y el ruido de los pasos de ambos retumbaban en aquellas calles, una de las cuales llevaba el nombre de un escritor olvidado.

Se sacó del bolsillo del abrigo un manojo de llaves y probó varias en la cerradura de la puerta de entrada, intentando dar con la adecuada.

«Jean, ¿me acompañas hasta arriba...? Les tengo miedo a los fantasmas...»

Estaban en el portal, de baldosas blancas y negras. Ella abrió una puerta de dos hojas.

«¿Quieres que te enseñe la planta baja?»

Una hilera de habitaciones vacías, paredes de madera y grandes ventanales. Una luz blanca caía desde unos apliques empotrados en las paredes, justo debajo del techo.

«Esto debía de ser el salón, el comedor y la biblioteca... Hubo una época en que Roger Vincent guardaba aquí la mercancía...»

Volvía a cerrar la puerta, le cogía el brazo y tiraba de él hacia las escaleras.

«¿Quieres ver el segundo piso?»

Volvió a abrir una puerta y encendió la luz, que caía desde unos apliques iguales, a la altura del techo. Una habitación vacía, como la de la planta baja. Annie corrió una de las hojas del ventanal, que tenía el cristal rajado. Una terraza grande dominaba los árboles del jardín.

«Era el gimnasio del propietario anterior... El que vivía aquí antes de la guerra...»

Daragane se fijó en unos agujeros de la tarima, una tarima que le pareció de una consistencia como la del corcho. En la pared estaba clavado un mueble de madera con ranuras en donde iban metidas halteras pequeñas.

«Hay muchísimos fantasmas aquí... Nunca vengo sola...»

En el primer piso, delante de la puerta, le puso una mano en el hombro.

«Jean..., ¿puedes quedarte conmigo esta noche?»

Lo iba guiando por la pieza que hacía las veces de salón. No encendía la luz. En el sofá, se inclinó y le susurró al oído:

«Cuando tenga que irme de aquí, ¿me acogerás en tu habitación de la plaza Blanche?»

Le acariciaba la frente. Y le decía, sin subir la voz: «Haz como si no nos hubiéramos conocido antes. Es fácil...»

Sí, bien pensado era fácil, ya que ella le había dicho que había cambiado de apellido, e incluso de nombre.

A eso de las once de la noche, sonó el teléfono en su despacho, pero no lo cogió y esperó a que dejasen un mensaje en el contestador. Una respiración, regular al principio, luego cada vez más entrecortada, y una voz lejana, de la que se preguntó si era de mujer o de hombre. Un gemido. Luego la respiración se reanudó, y dos voces se mezclaban y cuchicheaban sin que Daragane pudiera distinguir las palabras. Acabó por apagar el contestador y desenchufar el cable del teléfono. ¿Quién era? ¿Chantal Grippay? ¿Gilles Ottolini? ¿Los dos a la vez?

Se había decidido por fin a aprovechar el silencio de la noche para volver a leer por última vez todas las hojas del «dossier». Pero nada más empezar esa lectura notó una sensación desagradable: las frases se enredaban y aparecían de pronto otras frases que tapaban las anteriores y desaparecían, sin darle tiempo a desentrañarlas. Se hallaba ante un palimpsesto donde todas las escrituras sucesivas se mezclaban en sobreimpresión y se agitaban como bacilos vistos al microscopio. Lo achacó todo al cansancio y cerró los ojos.

Cuando volvió a abrirlos se encontró con la fotocopia del pasaje de *La negrura del verano* donde aparecía el nombre de Guy Torstel. Dejando aparte el episodio del fotomatón –un episodio que le había robado a la vida real– no tenía el menor recuerdo de su primer libro. El único que le quedaba era el de las veinte primeras páginas, que suprimió más adelante. Habían sido, en su mente, el comienzo del libro, antes de renunciar a ello. Tenía previsto un título para ese primer capítulo: «Regreso a Saint-Leu-la-Forêt». ¿Dormían esas veinte páginas para siempre en una caja de cartón o en una maleta vieja? ¿O las había roto? Ya no lo sabía.

Quiso, antes de escribirlas, ir una vez más, quince años después, a Saint-Leu-la-Forêt. No se trataba de una peregrinación, sino más bien de una visita que lo ayudaría a redactar el comienzo del libro. Y de ese «regreso a Saint-Leu-la-Forêt» no le había hablado a Annie Astrand unos meses antes, la noche en que volvió a verla tras la publicación del libro. Tuvo miedo de que le dijera, encogiéndose de hombros: «Pero ¡qué idea tan curiosa, Jean, pequeño, esa de volver allí!...»

Una tarde, pocos días después de haber conocido a Torstel en el hipódromo, cogió, pues, un autobús en la puerta de Asnières. El extrarradio había cambiado ya por entonces. ¿Era el mismo itinerario que seguía Annie Astrand cuando volvía en coche de París? El autobús pasaba por debajo de las vías férreas, cerca de la estación de Ermont. Y, sin embargo, ahora se preguntaba si ese trayecto, que tenía más de cuarenta años, no lo había soñado. Seguramente tenía ese lío porque lo había convertido en el capítulo de una novela. Fue por la calle principal de Saint-Leu arriba y cruzó la plaza de la fuente... Flotaba una niebla amarilla y se preguntó si no vendría del bosque. En la calle de L'Ermitage, estaba seguro de que la mayor parte de las casas no las habían construido aún en tiempos de Annie Astrand y que, en su lugar, había árboles, a ambos lados, cuyas frondas formaban una bóveda. ¿Estaba de verdad en Saint-Leu? Le pareció reconocer la parte de la casa que daba a la calle y el amplio porche bajo el que Annie solía dejar el coche. Pero, más allá, la tapia había desaparecido y la había sustituido un edificio alargado de hormigón.

Enfrente, protegida por una verja, una casa de un piso con una ventana saledizo y la fachada cubierta de hiedra. Una placa de cobre en la verja: «Doctor Louis Voustraat». Se acordó de que una mañana, después del colegio, Annie lo había llevado a la consulta de ese médico y que una noche el doctor en persona había ido a su casa a verlo, a su habitación, porque estaba enfermo.

Vaciló un momento, en medio de la calle, y luego se decidió. Empujó la cerca, que daba a un jardincito, y subió las escaleras de la fachada. Llamó y esperó. Por la rendija de la puerta entreabierta vio a un hombre de estatura elevada, con el pelo blanco y corto y los ojos azules. No lo reconocía.

«¿El doctor Voustraat?»

Él hizo un gesto de sorpresa, como si Daragane acabase de sacarlo del sueño.

«Hoy no es día de consulta.»

«Sólo quería hablar con usted.»

«¿Acerca de qué, caballero?»

No había desconfianza en esa pregunta. El tono era amable y en el timbre de la voz había algo tranquilizador.

«Estoy escribiendo un libro sobre Saint-Leu-la-Forêt... Querría hacerle unas cuantas preguntas.»

Daragane estaba tan intimidado que le pareció que había dicho esa frase tartamudeando. El hombre lo miraba sonriente:

«Pase, caballero.»

Lo condujo a una sala donde había fuego en la chimenea y le indicó un sillón frente a la ventana saledija. Se sentó a su lado, en un sillón igual y con el mismo tapizado escocés.

«¿Y quién le ha sugerido la idea de venir a verme a mí en particular?»

Tenía una voz tan grave y tan dulce que habría podido sacarle en poquísimo tiempo una confesión

114

al criminal más duro y retorcido. Eso fue al menos lo que se le ocurrió a Daragane.

«Vi su placa al pasar. Y me dije que un médico conoce bien el lugar donde ejerce...»

Se había esforzado en hablar con claridad, pese a lo apurado que se sentía, y había estado en un tris de no decir «lugar», sino «pueblo», que era lo que le había acudido espontáneamente a la cabeza. Pero Saint-Leu-la-Forêt no era ya el pueblo de su infancia.

«Ha acertado usted. Llevo ejerciendo aquí veinticinco años.»

Se levantó y fue hacia una repisa en la que Daragane vio una licorera.

«¿Quiere tomar algo? ¿Una copita de oporto?»

Le alargó la copa a Daragane y volvió a sentarse a su lado, en el sillón tapizado de tela escocesa.

«¿Y está escribiendo un libro sobre Saint-Leu? Qué buena idea...»

«Bueno, es un fascículo... para una colección sobre las diferentes localidades de Île-de-France...»

Buscaba otros detalles que le inspirasen confianza al tal doctor Voustraat.

«Por ejemplo, le dedico un capítulo entero a la muerte misteriosa del último príncipe de Condé.»

«Veo que conoce bien la historia de nuestra pequeña ciudad.»

Y el doctor Voustraat lo miraba fijamente con sus ojos azules y le sonreía, igual que hacía quince años, cuando lo auscultó en su cuarto de la casa de enfrente. ¿Fue por una gripe o por una de esas enfermedades de la infancia que tienen nombres tan complicados?

«Me harían falta otras informaciones que no sean históricas», dijo Daragane. «Anécdotas, por ejemplo, de algunos vecinos de la ciudad...»

Se extrañaba él mismo de haber podido pronunciar hasta el final y con aplomo una frase tan larga.

El doctor Voustraat parecía pensativo y clavaba la vista en un leño que se consumía despacio en la chimenea.

«Hemos tenido artistas en Saint-Leu», dijo, asintiendo con la cabeza y con expresión de estar refrescando la memoria. «La pianista Wanda Landowska... Y también el poeta Olivier Larronde...»

«¿Me permite que tome nota de los nombres?», dijo Daragane.

Sacó de uno de los bolsillos de la chaqueta un bolígrafo y la libreta de molesquina negra que llevaba siempre consigo desde que había empezado el libro. Apuntaba trozos de frases o posibles títulos para la novela. Escribió con mucha aplicación, en mayúsculas: WANDA LANDOWSKA. OLIVIER LARRONDE. Quería demostrarle al doctor Voustraat que tenía hábitos de estudio.

«Le agradezco la información.»

«Seguramente me vendrán a la cabeza otros nombres...»

116

«Es usted muy amable», dijo Daragane. «¿Recordaría por casualidad un suceso que hubiera ocurrido en Saint-Leu-la-Forêt?»

«¿Un suceso?»

En apariencia, al doctor Voustraat lo sorprendía esa palabra.

«No un crimen, claro... Pero algo turbio que hubiera ocurrido aquí... Me han hablado de una casa, enfrente de la suya precisamente, donde vivía una gente muy rara...»

Ya estaba, había entrado en el meollo de la cuestión con mayor rapidez de la prevista.

El doctor Voustraat volvía a clavarle los ojos azules en los que Daragane notaba que afloraba cierta desconfianza.

«¿Qué casa de enfrente?»

Se preguntó si no habría ido demasiado lejos. Pero, bien pensado, ¿por qué? ¿No aparentaba acaso ser un joven formal que quería escribir un fascículo sobre Saint-Leu-la-Forêt?

«La casa que está algo a la derecha..., la del porche grande...»

«¿Se refiere a La Maladrerie?»

A Daragane se le había olvidado ese nombre y se le encogió el corazón. Le dio la impresión fugitiva de que pasaba bajo el porche de la casa.

«Sí, eso es... La Maladrerie...», y al pronunciar esas cinco sílabas notó de repente algo así como una incomodidad, o más bien fue miedo, como si

La Maladrerie tuviera que ver, para él, con un mal sueño.

«¿Quién le ha hablado de La Maladrerie?» Lo pilló de improviso. Más le habría valido decirle la verdad al doctor Voustraat. Ahora ya era demasiado tarde. Habría debido hacerlo un rato antes, en las escaleras de la entrada. «Me atendió usted hace mucho, cuando era pequeño.» Pero no podía ser, se habría sentido como un impostor y como si le estuviera robando la identidad a otro. Aquel niño le parecía en la actualidad un extraño.

«Algo me contó el dueño del restaurante L'Ermitage...»

Lo había dicho al azar, para disimular. ¿Existía aún ese establecimiento? O, incluso, ¿había existido en algún lugar además de en sus sueños?

«Ah, sí..., el restaurante L'Ermitage... Creía que ya no se llamaba así ahora... ¿Hace mucho que conoce Saint-Leu?»

Daragane notó que le subía un vértigo por dentro, ese que nos entra cuando estamos a punto de hacer una confesión que nos va a cambiar el curso de la vida. Ahí, en la parte de arriba de la cuesta, basta con dejarse caer como por un tobogán. Al fondo del jardín de La Maladrerie había precisamente un tobogán que sin duda habían puesto los dueños anteriores y que tenía la rampa oxidada.

«No. Es la primera vez que vengo a Saint-Leu-la-Forêt.»

Fuera, caía la noche y el doctor Voustraat se levantó para encender una lámpara y atizar el fuego. «Hace un tiempo de invierno... ¿Ha visto la niebla de antes?... He hecho bien en encender el fuego...» Se sentó en el sillón y se inclinó hacia Daragane. «Ha tenido suerte al llamar hoy a mi puerta... Es mi día libre... Debo decir también que he reducido el número de visitas domiciliarias...»

Esa palabra, «visitas», ¿era un sobrentendido para indicarle que lo había reconocido? Pero había habido tantas visitas domiciliarias en los últimos quince años y tantas citas en casa del doctor Louis Voustraat en la habitacioncita que le hacía las veces de consulta, al fondo del pasillo, que no podía reconocer todas las caras. Y además, pensó Daragane, ¿cómo encontrar un parecido entre aquel niño y la persona que era ahora?

«Efectivamente, en La Maladrerie vivió una gente muy rara... Pero ¿en serio que le va a resultar útil que le hable de ella?»

Daragane tuvo la sensación de que, tras esas palabras anodinas, se ocultaban otras. Lo mismo que pasa en la radio cuando la emisión es confusa y se oyen dos voces superpuestas. Le parecía oír: «¿Por qué ha vuelto a Saint-Leu quince años después?»

«Habría podido decirse que esa casa tenía un maleficio... A lo mejor por como se llama.»

«¿Por como se llama?»

El doctor Voustraat le sonrió.

«¿Sabe lo que quiere decir *maladrerie?*»[1]

«Pues claro», dijo Daragane.

No lo sabía, pero le daba vergüenza confesárselo al doctor Voustraat.

«Antes de la guerra vivía en ella un médico, como yo, que se fue de Saint-Leu... Luego, cuando llegué, un tal Lucien Führer iba con regularidad, el dueño de un local nocturno de París... Había muchas idas y venidas... Fue a partir de entonces cuando empezó a aparecer gente rara..., hasta el final de la década de los cincuenta...»

Daragane iba anotando sobre la marcha en la libreta las palabras del doctor. Era como si éste fuera a revelarle el secreto de sus orígenes, todos esos años del comienzo de la vida que se nos han olvidado, con la excepción de un detalle que, a veces, sale a flote desde las profundidades, una calle que cubre una bóveda de hojas, un perfume, un nombre familiar, pero que ya no sabemos a quién pertenecía, un tobogán.

«Y, además, ese Lucien Führer desapareció de un día para otro y la casa la compró un tal señor Vincent... Roger Vincent, si no me engaña la memoria... Siempre aparcaba en la calle un coche americano descapotable.»

Daragane, quince años después, ya no estaba del todo seguro del color de aquel coche. ¿Beige?

1. Lazareto. *(N. de la T.)*

Sí, probablemente. Con asientos de cuero rojo. El doctor Voustraat se acordaba de que era descapotable y, si tenía buena memoria, podría confirmar ese color: beige. Pero temía, si le hacía la pregunta, despertar su desconfianza.

«No sabría decirle exactamente la profesión de ese señor Roger Vincent..., a lo mejor la misma que la de Lucien Führer... Un hombre de unos cuarenta años que venía con regularidad de París...»

A Daragane, en aquellos tiempos, le parecía que Roger Vincent no dormía nunca en la casa. Pasaba el día en Saint-Leu-la-Forêt y se marchaba después de cenar. Desde la cama, oía arrancar el coche, y ese ruido no era el mismo que hacía el coche de Annie. Un ruido más fuerte y más sordo a la vez.

«Se decía que era medio americano o que había pasado mucho tiempo en América... Alto..., con pinta de deportista... Un día lo atendí... Creo que se había dislocado la muñeca...»

Daragane no se acordaba de eso. Lo habría impresionado ver a Roger Vincent con un vendaje en la muñeca, o una escayola.

«También había una joven y un niño que vivían ahí... Ella no tenía edad para ser su madre... Yo creía que era su hermana mayor... Habría podido ser la hija del tal señor Roger Vincent...»

¿La hija de Roger Vincent? No, esa idea ni se le había ocurrido. En lo referente a la relación exacta entre Roger Vincent y Annie nunca se había hecho preguntas... Debe de ser, se decía con frecuencia, que los niños nunca se hacen preguntas. Muchos años después, intentamos resolver enigmas que no lo eran en su momento y querríamos descifrar los caracteres medio borrados de una lengua demasiado antigua cuyo alfabeto ni siquiera conocemos.

«Había muchas idas y venidas en esa casa... A veces llegaba gente en plena noche...»

Daragane, por entonces, dormía a conciencia –como duermen los niños–, menos las noches en que estaba al acecho del regreso de Annie. Muchas veces oía, por la noche, portezuelas que se cerraban de golpe y barullo, pero se volvía a dormir enseguida. Y, además, la casa era grande, constaba de varios cuerpos, de forma tal que no podía saber quién había en ella. Por la mañana, cuando salía para el colegio, se fijaba en que había varios coches aparcados delante del porche. En la parte del edificio en que estaba su habitación, estaba la de Annie, al otro lado del pasillo.

«¿Y, según usted, quiénes eran todas esas personas?»

«Hubo un registro en la casa, pero habían desaparecido todas... Me interrogaron, porque yo era el vecino más cercano. Al parecer Roger Vincent había andado mezclado en un caso al que llamaban "El Combinatie". Ese nombre he debido de leerlo en alguna parte, pero no puedo decir de qué se tra-

122

taba... Le confieso que nunca me han interesado los sucesos.»

¿Aspiraba de verdad Daragane a saber más que el doctor Voustraat? Una raya de luz que apenas si se ve por debajo de una puerta cerrada y que indica la presencia de alguien. Pero no le apetecía abrir la puerta para descubrir quién estaba en la habitación, o más bien en el armario. Se le había venido a la cabeza una expresión: «el cadáver en el armario». No, no quería saber qué ocultaba la palabra *combinatie*. Llevaba desde niño teniendo el mismo mal sueño: al principio un alivio inmenso al despertar, como si hubiera escapado a un peligro. Y, luego, el mal sueño se iba haciendo cada vez más concreto. Había sido cómplice o testigo de algo grave que había sucedido en el pasado, muy atrás. Habían detenido a ciertas personas. A él no lo habían identificado nunca. Vivía con la amenaza de que lo interrogasen cuando se dieran cuenta de que había tenido vínculos con los «culpables». Y le resultaría imposible contestar a las preguntas.

«¿Y la joven con el niño?», le dijo al doctor Voustraat.

Se había quedado sorprendido cuando el médico le dijo: «Creía que era su hermana mayor.» A lo mejor se le abría un horizonte en la vida que iba a disipar las zonas de sombra: unos padres falsos, de los que apenas se acordaba, y que, en apariencia, querían librarse de él. Y esa casa de Saint-Leu-la-

Forêt... A veces se preguntaba qué hacía él allí. Al día siguiente, sin ir más lejos, se dedicaría a investigar. Y, lo primero, dar con la partida de nacimiento de Annie Astrand. Y pedir también la partida de nacimiento de él, Daragane, pero no conformarse con un duplicado escrito a máquina, sino consultar el propio registro, donde todo está escrito a mano. En las pocas líneas dedicadas a su nacimiento, descubriría tachaduras, enmiendas, nombres que habían querido borrar.

«Estaba muchas veces sola con el niño en La Maladrerie... También me preguntaron por ella después del registro... Según decían los que me interrogaron, había sido, por lo visto "bailarina acrobática"...»

Había dicho las dos últimas palabras con tono desdeñoso.

«Es la primera vez que le hablo de esta historia a alguien desde hace mucho... Aparte de mí, nadie estaba realmente al tanto en Saint-Leu... Yo era el vecino más cercano... Pero ya se hará usted cargo de que no eran del todo personas de mi ambiente...»

Sonreía a Daragane con sonrisa un poco irónica, y Daragane le sonrió también al pensar que ese hombre de pelo blanco y corto y de porte militar y, sobre todo, con una mirada del azul más sincero había sido –como decía él– su vecino más cercano.

«No creo que vaya a utilizar todo esto para su fascículo sobre Saint-Leu..., o, si no, habría que buscar detalles más concretos en los archivos de la policía... Pero ¿cree usted francamente que merece la pena?»

Esta pregunta sorprendió a Daragane. ¿Lo habría reconocido y lo tendría calado? «¿Cree usted francamente que merece la pena?» Lo había dicho con bondad, con el tono de un reproche paterno o incluso de un consejo familiar, el consejo de alguien que lo ha conocido a uno de pequeño.

«No, claro», dijo Daragane. «Estaría fuera de lugar en un simple fascículo sobre Saint-Leu-la-Forêt. Llegado el caso, se podría hacer una novela.»

Había puesto el pie en una cuesta resbaladiza y estaba a punto de bajarla: confesar al doctor Voustraat las razones exactas por las que había llamado a su puerta. Podría incluso decirle: «Doctor, pasemos a su consulta para que me reconozca, como hacíamos antes... ¿Sigue estando al fondo del pasillo?»

«¿Una novela? Habría que conocer a todos los protagonistas. Ha pasado mucha gente por esa casa... Quienes me interrogaron consultaban una lista y me leían los nombres de uno en uno... Pero yo no conocía a ninguno de esos individuos...»

A Daragane le habría gustado una barbaridad tener a su alcance esa lista. Seguramente lo habría ayudado a dar con el rastro de Annie, pero todas esas personas se habían esfumado, cambiando de apellido, de nombre y de cara. Incluso la propia Annie no debía ya de llamarse Annie si es que aún vivía.

«¿Y el niño?», preguntó Daragane. «¿Ha sabido algo del niño?»

«Nada. Me he preguntado muchas veces qué habría sido de él... Qué manera tan peculiar de comenzar la vida...»

«Seguramente lo matricularon en alguna escuela...»

«Sí, en la escuela de La Forêt, en la calle de Beuvron. Me acuerdo de que escribí una notita para justificar una ausencia por gripe.»

«Y en la escuela de La Forêt a lo mejor se podía dar con un rastro de su paso...»

«Por desgracia, no. Derribaron la escuela de La Forêt hace dos años. Era una escuelita muy pequeña, ¿sabe?...»

Daragane se acordaba del patio de recreo, del suelo de balasto de escoria, de los plátanos y del contraste, en las tardes de sol, entre el verde de las hojas y la negrura de la escoria.

«La escuela ya no existe, pero puedo llevarlo a que vea la casa...»

Volvió a tener la sensación de que el doctor Voustraat lo había calado. Pero era imposible. No había ya nada en común entre él y aquel niño a quien abandonó con los demás, con Annie, Roger, Vincent y los individuos que venían de noche, en autos, y cuyos nombres figuraban tiempo atrás en una lista, la de los pasajeros de un barco naufragado.

«Me han dejado unas copias de las llaves de la

126

casa... por si alguno de mis pacientes quiere verla...
Está en venta... Pero no se presentan muchos clientes que digamos. ¿Lo llevo?»
«En otra ocasión.»
El doctor Voustraat parecía decepcionado. En el fondo, pensó Daragane, se ha alegrado de recibirme y de charlar. Seguro que solía estar solo en estas tardes libres interminables.
«¿De verdad que no le apetece? Es una de las casas más viejas de Saint-Leu... Como su nombre indica, la edificaron donde antes había un lazareto antiguo... Puede ser interesante para su fascículo...»
«Otro día, dijo Daragane. Le prometo que volveré.»
No tenía valor para entrar en la casa. Prefería que continuara siendo para él uno de esos sitios que nos fueron familiares y que a veces visitamos en sueños: en apariencia son los mismos y, sin embargo, están impregnados de algo insólito. ¿Un velo o una luz demasiado cruda? Y nos cruzamos en esos sueños con personas a quienes queríamos y que sabemos que se han muerto. Si les dirigimos la palabra, no nos oyen.
«¿Los muebles siguen siendo los de hace quince años?»
«Ya no quedan muebles», dijo el doctor Voustraat. «Todas las habitaciones están vacías. Y el jardín es una auténtica selva virgen.»
La habitación de Annie, al otro lado del pasillo,

donde oía medio dormido, muy entrada la noche, voces y carcajadas. Ella estaba con Colette Laurent. Pero muchas veces la voz y la risa eran las de un hombre con quien él nunca había coincidido de día en la casa. Ese hombre debía de irse muy temprano por la mañana, mucho antes de la hora de ir a la escuela. Un desconocido que iba a seguir siéndolo hasta el final de los tiempos. Le volvió otro recuerdo más preciso, pero sin hacer esfuerzo alguno, como sucede con las letras de las canciones aprendidas en la infancia y que podemos repetir durante toda la vida sin entenderlas. Las dos ventanas de su cuarto daban a la calle, que no era la misma de ahora, una calle que sombreaban los árboles. En la pared blanca, enfrente de la cama, un grabado en color que representaba flores, frutos y hojas; y debajo ponía en letras grandes: BELLADONA Y BELE-ÑO. Mucho más adelante descubrió que se trataba de plantas venenosas, pero, por entonces, lo que le interesaba era descifrar los caracteres: «belladona» y «beleño», las primeras palabras que supo leer. Otro grabado entre las dos ventanas: un toro negro, con la cabeza gacha, que le clavaba la mirada melancólica. El pie de ese grabado decía: TORO DE LOS PÓLDERS DE HOLSTEIN, en letras más pequeñas que «belladona» y «beleño» y que costaba más leer. Pero lo había conseguido al cabo de unos días y pudo incluso copiar todas esas palabras en un bloc de papel de carta que Annie le había dado.

«Si lo he entendido bien, doctor, no encontraron nada en el registro.»

«No sé. Estuvieron varios días revolviendo la casa de arriba abajo. Los otros debían de haber escondido algo...»

«¿Y no hubo artículos sobre ese registro en los periódicos de entonces?»

«No.»

Un proyecto quimérico se le pasó en ese momento por la cabeza a Daragane. Con los derechos de autor del libro del que no había escrito más que dos o tres páginas compraría la casa. Escogería las herramientas adecuadas: destornilladores, martillos, sacaclavos, tenazas, y se dedicaría personalmente durante días y días a un registro minucioso. Iría arrancando, por turno, los paneles de madera del salón y de los dormitorios y rompería los espejos para ver qué ocultaban. Se lanzaría a buscar escaleras secretas y puertas secretas. Y seguro que acababa por encontrar eso que había perdido y de lo que nunca había podido hablarle a nadie.

«Habrá venido en autobús, ¿verdad?», le preguntó el doctor Voustraat.

«Sí.»

El doctor miró su reloj de pulsera.

«Desgraciadamente, no puedo llevarlo a París en coche. El último autobús para la puerta de Asnières sale dentro de veinte minutos.»

Ya en la calle, fueron por la calle de L'Ermitage.

129

Pasaron delante del edificio largo que había sustituido la tapia del jardín, pero a Daragane no le apeteció evocar el recuerdo de esa tapia desaparecida. «Mucha bruma», dijo el doctor. «Estamos ya en invierno...»

Caminaron luego ambos en silencio, el médico muy erguido, muy tieso, con porte de antiguo oficial de caballería. Daragane no recordaba haber andado así, de noche, en la infancia, por las calles de Saint-Leu-la-Forêt. Salvo en una ocasión, en Navidad, cuando Annie lo llevó a la misa del gallo.

El autobús estaba esperando con el motor en marcha. Aparentemente, iba a ser el único viajero.

«Me ha encantado pasarme toda la tarde charlando con usted», dijo el médico, alargándole la mano. «Y me gustaría tener noticias de su librito sobre Saint-Leu.»

Cuando Daragane iba a subirse al autobús, el médico lo sujetó por el brazo.

«Estaba pensando una cosa... acerca de La Maladrerie y de toda esa gente tan rara de la que hemos hablado... El mejor testigo podría ser aquel niño que vivía allí... Debería encontrarlo, ¿no le parece?»

«Va a ser muy difícil, doctor.»

Se sentó al fondo del todo del autobús y miró por el cristal trasero. El doctor Voustraat estaba quieto, a distancia, y esperaba seguramente a que el autobús se perdiera de vista en la primera curva. Le hacía una señal con la mano.

130

En su despacho, se había decidido a volver a conectar el teléfono y el contestador por si Chantal Grippay intentaba ponerse en contacto con él. Pero, seguramente, Ottolini, ya de vuelta del casino de Charbonnières, no la perdía de vista ni a sol ni a sombra. No le quedaría más remedio que ir a recoger el vestido de las golondrinas. Allí estaba, colgando del respaldo del sofá, como esos objetos que no quieren separarse de nosotros y nos persiguen toda la vida. Por ejemplo, aquel Volkswagen azul de su juventud del que tuvo que prescindir al cabo de unos años. Sin embargo, siempre que se mudaba, se lo volvía a encontrar aparcado delante de su edificio, y la cosa duró mucho. Le era fiel y lo seguía a todos los sitios adonde iba. Pero había perdido las llaves. Y luego, un día, desapareció, quizá en uno de esos cementerios de coches que hay pasada la puerta de Italie y en cuyo emplazamiento habían empezado a hacer la autopista del Sur.

Le habría gustado encontrar «Regreso a Saint-Leu», el primer capítulo de su primer libro, pero habría sido un búsqueda vana. Esa noche, mientras contemplaba el follaje del carpe en el patio del edificio vecino, se decía que había roto ese capítulo. Estaba seguro.

Había suprimido otro capítulo, «Plaza Blanche», escrito aprovechando el impulso de «Regreso a Saint-Leu-la-Forêt». Y así lo había vuelto a empezar todo desde el principio con la penosa sensación de estar enmendando una salida en falso. Y, sin embargo, los únicos recuerdos que le quedaban de esa primera novela eran los dos capítulos suprimidos que habían servido de pilotes para todo lo demás, o más bien de andamios que se quitan al acabar el libro.

Había redactado las veinte páginas de «Plaza Blanche» en una habitación del número 11 de la calle de Coustou, en lo que había sido un hotel. Volvía a vivir en la parte de abajo de Montmartre quince años después de haberlo descubierto por obra de Annie. Allí fue, efectivamente, donde fueron a parar tras irse de Saint-Leu-la-Forêt. Y por eso pensaba que le resultaría más fácil escribir un libro si regresaba a los lugares que había conocido con ella.

Seguro que habrían cambiado de aspecto desde entonces, pero apenas si se daría cuenta. Cuarenta años después, en el siglo XXI, una tarde cruzaba por casualidad en taxi por el barrio. El automóvil se detuvo en un atasco en la esquina del bulevar de Clichy con la calle de Coustou. Él estuvo unos minutos sin reconocer nada, como si le hubiera dado un ataque de amnesia y no fuera ya sino un forastero en su propia ciudad. Pero eso no tenía importancia para él. Las fachadas de los edificios y los cruces se habían ido convirtiendo con el paso de los años en un paisaje interior que había acabado por superponerse al París demasiado liso y embalsamado del presente. Le pareció ver, más allá, a la derecha, el cartel del garaje de la calle de Coustou y de buena gana le habría pedido al taxista que lo dejase allí para regresar, cuarenta años después, a su antigua habitación.

Por entonces, en el piso de encima del suyo estaban empezando las obras para convertir las antiguas habitaciones de hotel en estudios. Para escribir su libro sin oír los martillazos en las paredes, se refugió en un café de la calle de Puget que hacía esquina con la calle de Coustou y que caía debajo de la ventana de su habitación.

Por las tardes no había clientes en aquel local, que se llamaba Aero, más un bar que un café a juzgar por las maderas claras, los casetones, la fachada de madera clara también, con una vidriera que protegía algo así como una celosía. Un hombre moreno de unos cuarenta años estaba detrás de la barra y leía un periódico. Durante la tarde a veces desaparecía por una escalerita. La primera vez, Daragane lo estuvo llamando en vano para pagarle la consumición. Y luego se acostumbró a esas ausencias y le dejaba un billete de cinco francos encima de la mesa.

Tuvo que esperar unos cuantos días antes de que el hombre le dirigiese la palabra. Hasta entonces, no le había hecho caso de forma deliberada. Siempre que Daragane le pedía un café, era como si el hombre no lo oyese. Y Daragane se quedaba extrañado cuando por fin ponía en marcha la cafetera. Se acercaba para dejarle en la mesa la taza de café sin echarle ni una mirada. Y Daragane se sentaba al fondo del local como si, por su parte, quisiera que se olvidasen de él.

Una tarde en que estaba acabando de corregir una página de su manuscrito oyó una voz grave.

«¿Qué? ¿Llevando las cuentas?»

Alzó la cabeza. Desde detrás de la barra, el hombre le dirigía una sonrisa.

«Viene a mala hora... Por las tardes esto es un desierto.»

Se acercaba a su mesa sin perder la sonrisa irónica.

«¿Me permite?»

Apartó la silla y se sentó frente a él.

«¿Qué está escribiendo exactamente?»

Daragane no sabía si contestar.

«Una novela policíaca.»

El hombre cabeceaba mirándolo con ojos insistentes.

«Vivo en el edificio de la esquina, pero están en obras y hay demasiado ruido para poder trabajar.»

«¿El antiguo hotel Puget? ¿Enfrente del garaje?»

«Sí», dijo Daragane. «¿Y usted lleva mucho aquí?»

Solía desviar las conversaciones para evitar hablar de sí mismo. Su sistema consistía en responder a una pregunta con otra pregunta.

«Siempre he estado en el barrio. Antes llevaba un hotel algo más abajo, en la calle de Laferrière...»

Esa palabra, «Laferrière», le aceleró el corazón. Cuando Annie y él se fueron de Saint-Leu-la-Forêt para ir a ese barrio, vivían los dos en una habitación de la calle de Laferrière. Annie se iba de vez en cuando y le daba una copia de llave. «Si vas a dar un paseo, no te pierdas.» En una hoja de papel doblada en cuatro que él llevaba en el bolsillo había escrito: «Calle de Laferrière, 6» con esa letra suya tan grande.

«Conocí a una mujer que vivía ahí», dijo Daragane con voz inexpresiva. «Annie Astrand.»

El hombre lo miraba con expresión sorprendida.

«Entonces debía de ser usted realmente muy pequeño. Eso es de hace unos veinte años.»

«Yo diría más bien quince.»

«Conocí sobre todo a su hermano Pierre. Era él quien vivía en la calle de Laferrière. Regentaba el garaje de al lado..., pero hace mucho que no sé nada de él.»

«¿Se acuerda de ella?»

«Un poco... Se fue del barrio muy joven. Por lo que me dijo Pierre era la protegida de una mujer que era la encargada de una sala de fiestas de la calle de Ponthieu...»

Daragane se preguntó si no confundía a Annie con otra. Sin embargo, una amiga suya, Colette, iba con frecuencia a Saint-Leu-la-Forêt y, un día, la llevaron en coche a París, a una calle cerca de los jardines de Les Champs-Élysées donde ponían el mercado de sellos. ¿La calle de Ponthieu? Entraron las dos en un edificio. Y él se quedó esperando a Annie en el asiento trasero del coche.

«¿No sabe qué ha sido de ella?»

El hombre lo miraba con cierta desconfianza.

«No. ¿Por qué? ¿De verdad era amiga suya?»

«La conocí de pequeño.»

«Entonces eso lo cambia todo... Existe prescripción...»

Volvía a sonreír y se inclinaba hacia Daragane.

«En su momento, Pierre me explicó que su hermana había tenido contratiempos y había estado en la cárcel.»

Le había dicho la misma frase que Perrin de Lara esa noche del mes anterior en que se lo encontró sentado a solas en una terraza. «Estuvo en la cárcel.» El tono de los dos hombres era diferente: una distancia un tanto despectiva en el caso de Perrin de Lara, como si Daragane lo hubiera obligado a hablar de una persona que no era de su ambiente; algo así como un trato de confianza en el otro, ya que conocía a «su hermano Pierre» y daba la impresión de que para él «estar en la cárcel» era algo trivial. ¿Debido a algunos de sus clientes que acudían, como le explicó a Daragane, «a partir de las once de la noche»?

Pensó que Annie se lo habría explicado si hubiera vivido aún. Más adelante, cuando le publicaron el libro y tuvo la suerte de volver a verla, no le hizo ninguna pregunta al respecto. No le habría contestado. Tampoco mencionó la habitación de la calle de Laferrière ni la hoja doblada en cuatro donde escribió las señas. La hoja en cuestión la había perdido. Y aun cuando hubiera podido llevarla encima quince años y se la hubiese enseñado, ella habría dicho: «Que no, Jean, pequeño, que ésa no es mi letra.»

El hombre del Aero no sabía por qué había estado en la cárcel. «Su hermano Pierre» no le había dado ningún detalle al respecto. Pero Daragane se acordaba de que la víspera de irse de Saint-Leu-la-Forêt parecía nerviosa. Incluso se le olvidó ir a recogerlo a las cuatro y media a la salida del colegio y volvió solo a casa. No le causó ninguna inquietud. Era fácil, bastaba con seguir la calle, todo recto. Annie estaba hablando por teléfono en el salón. Le hizo una seña con la mano y siguió hablando.

Por la noche se lo llevó a su cuarto y él la miraba llenar de ropa una maleta. Le daba miedo que lo dejara solo en la casa. Pero le dijo que al día siguiente se iban los dos a París.

Por la noche, oyó voces en la habitación de Annie. Reconoció la de Roger Vincent. Algo después, el ruido del motor del coche americano se alejaba y acababa por apagarse. Temía oír que arrancaba el coche de ella. Y luego se quedó dormido.

Un día a media tarde, cuando salía del Aero tras haber escrito dos páginas de su libro —las obras en el antiguo hotel terminaban alrededor de las seis de la tarde— se preguntó si los paseos que había dado quince años atrás cuando no estaba Annie lo habían conducido hasta aquí. No debían de haber sido muchos esos paseos, y más breves que en su recuerdo. ¿De verdad había dejado Annie que un niño deambulase solo por el barrio? Esas señas escritas de su puño y letra en la hoja de papel doblada en cuatro —un detalle que era imposible que se hubiera inventado— eran, claro está, prueba de ello.

Recordaba haber ido por una calle al final de la cual se veía el Moulin-Rouge. No se había atrevido a ir más allá del terraplén del bulevar por temor a perderse. En resumidas cuentas, habría bastado con que diera unos pasos más para verse en el sitio en el que estaba ahora. Y ese pensamiento le causó una sensación muy rara, como si el tiempo hubiera quedado abolido. Quince años atrás, paseaba solo muy cerca de allí, bajo un sol de julio, y ahora era diciembre. Siempre que salía del Aero era ya de noche. Pero para él las estaciones y los años se confundían de pronto. Decidió andar hasta la calle de Laferrière –el mismo itinerario de antaño–, recto, siempre recto. Las calles eran en cuesta y, según iba bajando, estaba seguro de que remontaba el tiempo. La oscuridad se aclararía al llegar a la parte de abajo de la calle de Fontaine, sería de día y volvería a haber un sol de julio. Annie no se había limitado a escribir las señas en el papel doblado en cuatro, sino también las palabras PARA QUE NO TE PIERDAS EN EL BARRIO, con su letra grande, una letra antigua que no enseñaban ya en la escuela de Saint-Leu-la-Forêt.

La cuesta de la calle Notre-Dame-de-Lorette era tan empinada como la anterior. Bastaba con ir resbalando. Un poco más abajo. A la izquierda. Una única vez habían vuelto los dos a su habitación cuando ya era de noche. Fue el día antes de coger el tren. Ella le ponía la mano en la coronilla o en la nuca, un gesto protector para asegurarse de que caminaba a su lado. Volvían del hotel Terrass, pasado el puente que cruza por encima del cementerio. Habían entrado en ese hotel y habían reconocido a Roger Vincent, en un sillón, al fondo del vestíbulo. Se sentaron con él. Annie y Roger hablaban. Se olvidaban de su presencia. Él los escuchaba sin entender lo que decían. Hablaban demasiado bajo. En un momento dado, Roger Vincent repetía lo mismo: Annie tenía que «coger el tren» y «dejar el coche en el garaje». Ella no estaba de acuerdo, pero acabó por decirle: «Sí, tienes razón, es más prudente.» Roger Vincent se volvió hacia él y sonrió: «Toma, es para ti.» Y le alargó una carpeta azul marino, diciéndole que la abriera. «Tu pasaporte.» Se reconoció en la foto, una de las que se había hecho en el fotomatón, donde con cada disparo el resplandor demasiado vivo de la luz le hacía guiñar los ojos. Podía leer en la primera página su nombre y la fecha de nacimiento, pero el apellido no era el suyo, era el apellido de Annie: ASTRAND. Roger Vincent le dijo, con voz seria, que tenía que usar el mismo apellido que «la persona que lo acompañaba» y esa explicación le bastó.

A la vuelta, Annie y él iban andando por el terraplén del bulevar. Pasado el Moulin-Rouge, fueron por una callecita, a la izquierda, al final de la que se alzaba la fachada de un garaje. Cruzaron una nave que olía a sombra y a gasolina. Al fondo del todo, una habitación acristalada. Había un joven detrás de un escritorio, el mismo joven que iba a veces a Saint-Leu-la-Forêt y lo había llevado una tarde al circo Médrano. Hablaban del coche de Annie, que estaba más allá, aparcado, pegado a la pared.

Salió del garaje con ella, era de noche y quiso leer las palabras del anuncio luminoso: «Gran garaje de la plaza Blanche», esas palabras, que volvía a leer quince años después, asomado a la ventana de su habitación del número 11 de la calle de Coustou. Proyectaban en la pared, frente a su cama, unos reflejos en forma de enrejado cuando apagaba la luz e intentaba coger el sueño. Se acostaba temprano porque las obras se reanudaban a eso de las siete de la mañana. Tenía dificultades para escribir si pasaba una mala noche. En su duermevela oía la voz de Annie, cada vez más lejana, y no entendía más que un retazo de frase: «PARA QUE NO TE PIERDAS EN EL BARRIO...» Al despertarse, en esa habitación, se daba cuenta de que había necesitado quince años para cruzar la calle.

Aquella tarde del año anterior, el 4 de diciembre de 2012 –había anotado la fecha en su libreta–, el atasco se eternizaba y le pidió al taxista que tirase a la derecha, por la calle de Coustou. Se había equivocado cuando creyó ver de lejos el cartel del garaje, porque el garaje había desaparecido. Y también, en la misma acera, el escaparate de madera negra de Le Néant. A ambos lados de la calle, las fachadas de los edificios parecían nuevas, como enlucidas o cubiertas de una hoja de celofán de un blanco que había borrado las grietas y las manchas del pasado. Y por detrás, hacia el fondo, debían de haber llevado a cabo una taxidermia que remataba

141

el vacío. En la calle de Puget, había una pared blanca en vez de las maderas y la vidriera del Aero, de ese blanco neutro color de olvido. Él también había pasado cuarenta años dejando en blanco esa temporada en que escribía aquel primer libro y aquel verano en que paseaba solo con la hoja doblada en cuatro en el bolsillo: PARA QUE NO TE PIERDAS EN EL BARRIO.

Esa noche, a la salida del garaje, Annie y él no tuvieron que cambiar de acera. Seguro que pasaron delante de Le Néant.

Quince años después, seguía existiendo Le Néant. Nunca le había apetecido entrar. Le daba demasiado miedo ir a parar al agujero negro. Por lo demás, le daba la impresión de que nadie cruzaba ese umbral. Le había preguntado al dueño del Aero qué tipo de espectáculo ofrecían en ese local: «Creo que ahí fue donde debutó la hermana de Pierre a los dieciséis años. Por lo visto los clientes están todos a oscuras, con acróbatas, caballistas y chicas con cara de calavera que hacen striptease.» Aquella noche, ¿le echó Annie una breve mirada a la entrada del local donde había «debutado»?

Lo cogió de la mano cuando iban a cruzar el bulevar. Por primera vez él veía París de noche. No bajaron por la calle de Fontaine, esa calle por la que solía ir cuando paseaba solo en pleno día. Annie lo iba guiando por el terraplén. Quince años después, iba andando por el mismo terraplén, en invierno, por la parte trasera de los puestos navideños que habían colocado, y no podía apartar la vista de esos neones de luz blanca que lanzaban llamadas y señales de morse cada vez más flojas. Hubiérase dicho que brillaban por última vez y que pertenecían aún al verano en que llegó al barrio con Annie. ¿Cuánto tiempo se habían quedado allí? ¿Meses, años, como esos sueños que nos han parecido tan largos y de los que nos percatamos, al despertarnos de golpe, de que sólo han durado unos segundos?

Hasta la calle de Laferrière, notaba la mano de Annie en la nuca. Era aún un niño y existía el riesgo de que se escapase y lo pillara un coche. Al pie de las escaleras, ella se puso el índice en los labios para indicarle que había que subir sin hacer ruido.

Se despertó varias veces aquella noche. Dormía en la misma habitación que Annie, en un sofá; y ella, en la cama grande. Las dos maletas estaban al pie de la cama; la de Annie, de cuero, y la suya, más pequeña, de hojalata. Se levantó en mitad de la noche y salió de la habitación. La oía hablar en el cuarto de al lado con un hombre que debía de ser su hermano, el del garaje. Acabó por quedarse dormido. A la mañana siguiente, muy temprano, ella lo despertó acariciándole la frente y desayunaron

143

con su hermano. Estaban los tres sentados en torno a una mesa y Annie revolvía en su bolso porque temía haber perdido la carpeta azul que le había llevado la víspera Roger Vincent al vestíbulo del hotel, su «pasaporte» a nombre de «Jean Astrand». Pero sí que lo tenía en el bolso. Más adelante, en la época de la habitación de la calle de Coustou, Daragane se preguntó en qué momento había perdido ese pasaporte falso. Seguramente a comienzos de la adolescencia, cuando lo expulsaron del primer internado.

El hermano de Annie los llevó en coche a la estación de Lyon. Resultaba difícil andar por la acera, delante de la estación, y dentro de ella, en el vestíbulo central, porque había mucha gente. El hermano de Annie llevaba las maletas. Annie decía que era el primer día de las vacaciones de verano. Esperaba en una taquilla para sacar los billetes de tren y él se quedaba con el hermano de Annie, que había dejado las maletas en el suelo. Había que tener cuidado con los empellones de la gente y con que los carritos de los maleteros no le pasaran a uno por encima de los pies. Iban tarde, corrieron por el andén, Annie le apretaba muy fuerte la muñeca para que no se perdiera entre el gentío, y su hermano los seguía con las maletas. Subieron en uno de los primeros vagones, y el hermano de Annie, tras ellos. Gente en el pasillo. Su hermano dejó las dos maletas a la entrada del vagón y le dio un beso a Annie. Y, luego, le sonrió a él

y le dijo al oído: «Que no se te olvide... Ahora te lla-
mas Jean Astrand... Astrand.» Y apenas si le dio
tiempo a bajar al andén y hacerles una seña con la
mano. El tren empezaba a deslizarse. Había un sitio
libre en uno de los compartimientos: «Siéntate ahí»,
le dijo Annie. «Yo me quedo en el pasillo.» No quería separarse de ella, lo llevó consigo agarrándolo del
hombro. Él tenía miedo de que lo dejara allí, pero el
sitio estaba junto a la puerta del compartimiento y
podía vigilarla. Annie no se movía, de pie en el pasillo, y de vez en cuando giraba la cabeza para sonreír-
le. Encendía un cigarrillo con el mechero de plata,
apoyaba la frente en el cristal y seguramente estaba
contemplando el paisaje. Él agachaba la cabeza para
no cruzar la mirada con la de los demás viajeros del
compartimiento. Tenía miedo de que le preguntasen
cosas, como hacen tantas veces los adultos cuando se
fijan en un niño que va solo. Le habría gustado levantarse para preguntarle a Annie si sus dos maletas
seguirían en el mismo sitio, a la entrada del vagón, y
si no había peligro de que se las robase alguien. Ella
abría la puerta del compartimiento, se inclinaba hacia él y le decía en voz baja: «Iremos al vagón restaurante. Podré sentarme contigo.» Le parecía que los
vecinos de compartimiento los observaban a los dos.
Y las imágenes van pasando, a saltos, como una película con el celuloide gastado. Avanzan por el pasillo
de los vagones y ella lo lleva cogido del cuello. Le
tiene miedo, cuando pasan de un vagón a otro, al

fuelle, que cabecea tanto que hay peligro de caerse. Ella le aprieta el brazo para que no pierda el equilibrio. Están sentados, uno frente a otro, a una mesa del vagón restaurante. Por suerte, tienen la mesa para ellos solos y, además, no hay casi nadie en las otras mesas. Es un alivio después de todos esos vagones por los que acaban de cruzar, con los pasillos y los compartimientos atestados. Ella le pasa una mano por la mejilla y le dice que se quedarán en esa mesa todo el tiempo que puedan y, si nadie viene a molestarlos, hasta el final del viaje. A él lo que lo preocupa son las dos maletas que han dejado lejos, a la entrada del otro vagón. Se pregunta si van a perderlas o si las habrá robado ya alguien. Ha debido de leer una historia por el estilo en uno de los libros de la Bibliothèque Verte que le llevó un día Roger Vincent a Saint-Leu-la-Forêt. Y a eso se debe seguramente que lo vaya a perseguir un sueño toda la vida: unas maletas extraviadas en un tren, o el tren que se va con las maletas y uno se queda en el andén. Si pudiera recordar todos sus sueños, en la actualidad echaría la cuenta de cientos y cientos de maletas perdidas.

«No te preocupes, Jean, pequeño», le dice Annie, sonriente. Esas palabras lo tranquilizan. Siguen sentados en el mismo sitio después de comer. Ya no queda nadie en el vagón restaurante. El tren se detiene en una estación grande. Él le pregunta a Annie si han llegado ya. Todavía no, le dice. Le explica que deben de ser las seis de la tarde y que siempre se llega a esa ciudad a esa hora. Pocos años después, Daragane cogió con frecuencia ese mismo tren y supo el nombre de la ciudad a la que se llega en invierno al caer la noche. Lyon. Annie saca del bolso una baraja y quiere enseñarle a hacer un solitario, pero él no se entera de nada.

Él no ha hecho nunca un viaje tan largo. Nadie ha venido a molestarlos. «Se han olvidado de nosotros», dice Annie. Y los recuerdos que le quedan de todo eso también los ha roído el olvido, menos unas cuantas imágenes más concretas cuando la película derrapa y, al final, se atasca en una de ella. Anne rebusca en el bolso y le alarga la carpeta azul marino –su pasaporte– para que no se le olvide su nuevo nombre. Dentro de unos días, cruzarán «la frontera» para ir a otro país y a una ciudad que se llama «Roma». «Que se te quede bien grabado ese nombre: Roma. Y te juro que en Roma no podrán encontrarnos. Tengo amigos allí.» No entiende bien lo que le dice, pero como ella suelta una carcajada, él también se echa a reír. Ella hace otro solitario y él mira cómo coloca las cartas en filas encima de la mesa. El tren vuelve a pararse en otra estación grande y él le pregunta si han llegado ya. No. Annie le da la baraja y él se entretiene separando las cartas por palos. Picas. Diamantes. Tréboles. Corazones. Annie le dice que ya hay que ir a buscar las maletas. Recorren el pasillo de los vagones en sentido inverso y ella lo lleva sujeto a veces por el cuello y a veces por el brazo. Los pasillos y los compartimientos están vacíos. Annie dice que todos los viajeros se han bajado antes que ellos. Un tren fantasma. Encuentran las maletas en el mismo sitio, a la entrada del vagón. Es de noche y están en el andén desierto de una estación pequeñísima. Van por un paseo que discurre a lo largo de las vías. Annie se detiene ante una puerta empotrada en una tapia y saca una llave del bolso. Bajan por un camino en la oscuridad. Una gran casa blanca con luz en las ventanas. Entran en una estancia con una iluminación muy fuerte y baldosas blancas y negras. Pero, en su memoria, esa casa se confunde con la de Saint-Leu-la-Forêt, seguramente por el poco tiempo que pasó en ella con Annie. Por ejemplo, la habitación en que dormía allí le parece idéntica a la de Saint-Leu-la-Forêt.

Veinte años después, estaba en la Costa Azul y le pareció que reconocía la estacioncita, el paseo por el que fueron entre las vías y las tapias de las casas. Èze-sur-Mer. Le hizo incluso unas preguntas a un hombre de pelo gris que regentaba un restaurante en la playa. «Debe de ser la antigua villa Embiricos, en el cabo Estel...» Anotó el nombre por si acaso, pero cuando el hombre añadió: «Un tal señor Vincent la compró durante la guerra. Luego quedó bajo administración judicial. Ahora la han convertido en hotel», se asustó. No, no iba a volver a ese lugar para pasarle revista. Le daba demasiado miedo que

148

la pena, enterrada hasta entonces, se propagase por los años igual que por una mecha Bickford.

Nunca van a la playa. Por la tarde, se quedan en el jardín, desde el que se ve el mar. Annie ha encontrado un coche en el garaje de la casa, un coche más grande que el de Saint-Leu-la-Forêt. Por las noches, lo lleva a cenar de restaurante. Van por la carretera de la Cornisa. Con ese coche, le dice, van a pasar «la frontera» e irán a «Roma». El último día, Annie se iba mucho del jardín para llamar por teléfono y parecía inquieta. Están sentados uno frente a otro en la veranda y mira cómo hace ella un solitario. Agacha la cabeza y arruga la frente. Parece que se lo piensa mucho antes de poner una carta a continuación de las otras, pero él se fija en una lágrima que le resbala por la mejilla, tan pequeña que apenas se ve, como aquel día, en Saint-Leu-la-Forêt, cuando estaba en el coche, a su lado. Por la noche habla por teléfono desde la habitación de al lado; él oye sólo el sonido de la voz, pero no las palabras. Por la mañana, lo despiertan los rayos del sol que entran en su habitación a través de las cortinas y dibujan manchas naranja en la pared. Al principio es poca cosa, el chirriar de los neumáticos en la grava, un ruido de motor que se aleja, y necesitas algo más de tiempo para caer en la cuenta de que ya no queda nadie más que tú en la casa.